书相遇
人相逢

沿着古诗词壮游中国

赵健

北京出版集团
北京美术摄影出版社

目录

第一章　出　发

第二章　壮　游

第三章　思　乡

第四章　重　逢

第五章　归　途

第一章

出发

［清］金廷标　儿童斗草图（局部）

童年是天真的，儿童对四季的变化也非常敏感。可长大之后，有些人虽然习得了很多经验，却变得迟钝了，再好的风景在眼前，也会视而不见。所以，回头想想，人生最幸福的时期是童年。唐诗出现在我们的童年，它能够记录四季中美好的风花雪月。本书第一部分，我希望大家能回到童年。

丰子恺先生说过，人生有两次经历童年的机会，第一次是我们小的时候，第二次是我们孩子的小时候。所以，读者朋友，无论你现在是孩子，还是你已经有了孩子，都请抓住重新回归天真的机会，因为这是人生中为数不多的能够让你全然放下所有身份的机会。此刻，你不再是父亲，你不再是母亲，你不再是公司职员，你不再有任何社会标签，你只是天真、简单的小孩子。请你以孩子的视角重新感受第一次遇见的这个世界，你会发现原来春天那么美好，秋天如此宁静。此时，再阅读唐诗，你才会意识到诗人早在一千多年前，就为我们写下了绚烂、天真的诗词。本书第一部分节选的二十首诗，就是希望调动天真的情感，然后去感受美好的自然。

有一次，我在街头闲逛，正是暮春时节，想到许久都没回家，这时看到路边的落花，突然想起“昨夜闲潭梦落花，可怜春半不还家”这句诗。那时，我十分疑惑，因为印象中小时候没有认真背过张若虚的《春江花月夜》，但不知何故，诗句突然浮现在脑海中。

亲爱的读者，不管你现在处于何种工作状态，我要再次提醒你，请扔下所有的疲惫，从容地喝上一杯不凉不烫的清茶，甚至可以点上一支香，让我们以儿童的视角，以天真的心态重新回归诗歌的境界。此时，你将看到不一样的天地，你将看到“野田春水碧于镜，人影渡傍鸥不惊”的春，你将嗅到“水晶帘动微风起，满架蔷薇一院香”的夏，你将寻到“银烛秋光冷画屏，轻罗小扇扑流萤”的秋，你也会感受到“孤舟蓑笠翁，独钓寒江雪”的冬。

中国有一个词叫“触景生情”，而回归童年是“触景生情”的一种方式。春天还是春天，夏天还是夏天，花还是那朵花，但是换了视角，对这个世界的感受就全然变了。这个世界不缺乏美好的景色，缺的是发现“美”的眼睛，更难得的是在发现“美”的时候能创造出更“美”的东西。人比较有魅力的地方在于，人是有想象力的，人的想象力是很迷人的，它可以构建一个比你眼前更美的风景。我之前读《望庐山瀑布》中的“飞流直下三千尺”觉得壮观极了，可当我去庐山旅行之后，我觉得李白骗了我，瀑布根本没有三千尺那么长。但是后来，我发现是我错了，因为我不是李白，李白能看到“飞流直下三千尺”，他也能看到“银河落九天”。当我们理解之后，你才会明白诗人的境界。因此，我们编选诗歌的核心目的，是希望大家不以日常的眼光，而是用诗歌的眼光重新看待众生，这样才会发现，更多美好的风光正以极其迷人的姿态等待你，而这风光很多时候是需要调动想象力才能构建出来的。而这种想象力需要我们永葆童心。头顶天空的白云飘过我们的脸庞，也飘过李白、杜甫的脸庞，也飘过王维、苏轼的脸庞。每个人在童年时期都是一个小诗人，当他抬头看到满天繁星，还有朵朵白云时，他会调动想象力，他会结合大人给他讲的故事或者传说，在心里构建一个想象的“精神王国”，而这个“精神王国”是全世界所有文学的源头。

很多成人之所以没有触景生情的能力，是因为太成熟、太世故，经验又太足，没有重怀天真的赤子之心。成年人看到的天是不“空”的，我们会看到很多不纯净的东西，但孩子看天就是“空”的，它非常干净，当天足够“空”的时候，我们才能看到星星，才能看到白云，甚至能看到精灵，看到仙女。人成熟的标志就是不相信神话，这也是失意堕落的开始。我们编选诗歌的目的，就是希望大家哪怕已经到了四五十岁，但是内心依然是一个非常干净的小孩子，能以放空的心态来看待周遭的一花一叶，这样才会投入更多的情感，才能“触景生情”。这时，你回过头来，再看看春夏秋冬的每一首诗，你会发觉，“触景生情”不再是冷冰冰的字眼，你有更多的情感，有足够的想象力，把自己投入某个角色，你就是那朵白云，就是白云里面骑着小马的小英雄，你就是骑着猛兽的小神仙……

［宋］马远　山径春行图（局部）

通过诗歌的意象和想象力构建的多维度情感是非常牢固的，它会伴随终身。所以，读诗的人是幸福的，愿意相信诗的人也是幸福的。每天卸下疲惫的工作，忘掉所有的烦恼，读上一首小诗，让你感受到幸福，这本书的价值就体现出来了。

在传统的文学概念里，韩愈是“文起八代之衰”的文豪，是非常严肃的诗人、文学家、思想家、政治家、军事家，但是我们会发现，这样的人距离我们太遥远了，他没有情感。我们解读诗歌是为了让读者看到不一样的韩愈。韩愈是可爱的小胖子，他性格憨厚，而且非常天真，他有很多诙谐的段子。

知道他是怎样的人之后，我们再来看看《早春呈水部张十八员外二首·其一》这首诗。诗中“天街小雨润如酥，草色遥看近却无”一句就是以孩子的视角观察小草。可能很多成年人，根本不会留意办公楼外面的草究竟是什么颜色，也很少有人在意每天路过的公交站旁的树木的变化。我很羡慕韩愈，他虽然功成名就，但是依然以一颗赤子之心观察一片草。“草色遥看近却无”说明他不仅在远处看了，而且还走到近处仔细观察。很多成年人只会遥看，但不会近观，但是韩愈愿意走近一探究竟，这不就是像孩子一样的好奇心的体现嘛。

你可以想象，你就是韩愈，在经历漫长的寒冬后，你即将脱掉厚厚的棉衣，你迫不及待地想感受一下外面蓬勃的春意。这时天气还有点凉，你忍不住打了个寒战，但是进入鼻腔的空气似乎和之前不太一样，似有一些青草的气息，但你又不是特别确定。这个时候你走向了每天都会走的路——天街，这是长安城最繁忙的一条街，你边走边想，春天是不是来了？此时，一滴雨点恰好落在了你的鼻尖，你万分惊喜，甚至跳了起来说：“春天真的来啦！”

我在想，韩愈当时果真站在繁忙的天街上吗？当时真的下雨了吗？但这些不重要，诗歌的魅力，就是可以调动想象力，可以创造世界。你说要有光，于是便有了光。韩愈说要有雨，于是便有了雨。而且是如酥油一般珍贵的春天小雨，恰到好处地落在他每天的必经之路上。这个时候他看见远处确实有一片草色，他忍不住快步上前再次确认，却发现“近却无”。“无”应该是这首诗里面非常微妙的诗眼，“无”不是完全没有，而是和佛家所说的“空”一样，它是介于“没有”和“有”之间的中间状态，正如冬天刚刚结束，春天刚刚开始的那一瞬间，刚好被韩愈遇见，所以他欣喜若狂，挥笔成诗。

中国文化的魅力之一，在于“联想”。我们仔细想想，很多的文化内容不是通过西方科学试验的方式证明出来的，也不是用逻辑推导出来的；而是通过一个“无”的瞬间迸发出来的，正是有了“无”，才会产生“有”。这首诗开头的地点（天街）是官员韩愈从家出发去朝堂的必经之路。在这个习以为常的环境中，他能够感受到从“无”到“有”的瞬间，能够闻到青草的味道，想要走近去观察颜色，说明他好奇心强烈，并且遵循好奇心。我们把一系列描绘春夏秋冬的诗歌编排在前面，其目的就是想让大家像韩愈一样，重拾好奇心，重新去感受貌似熟知实则陌生的春夏秋冬是什么样子，以孩子一样的视角，重新观察一片芳草地，你才会感受到“一花一世界，一叶一菩提”的曼妙。

最后一句诗“最是一年春好处，绝胜烟柳满皇都”，这是一个肯定判断。古人不太讲究逻辑，相信直觉，他们会笃定地告诉你，春天是一年中最好的时光。如果此时是一位外国人，他一定会问，什么时候是“最好”的，古人会依次给出答复，首先是什么，其次是什么。大家千万不要小看诗中的字眼，这个字就是以孩子的口吻诉说的，只有孩子才会这样说话，比如“他是我最好的朋友”“我爸爸是最厉害的”。而韩愈在诗中告诉我们，现在就是春天最好的时候。

至于“绝胜烟柳满皇都”，我猜测此句所描绘的景象极可能是韩愈编出来的，因为这句和“草色遥看近却无”相互矛盾。草色比较疏淡，可抬头一看，柳树已然满是新芽，这不太真实。但是韩愈不在乎，他需要烟柳，于是一簇一簇的烟柳，瞬间在枝头绽放，这就是诗人的魅力。诗人如手执魔法棒的孩子，指向哪里，哪里就开花。

“绝胜烟柳满皇都”是孩子送给这个城市的一份礼物，也许市民并没有感受到，但是无妨。韩愈已经把自己的礼物送给我们，每一个在他身边驻足的人，他都为之祝福：愿你前程灿烂，愿有情人终成眷属……他的祝福是天真的，祝福送给你，至于你是否能接受，这并不重要，甚至希望你忘掉有人在为你祈祷。如果我能穿越回到现场，我很想在韩愈的身边停留片刻，告诉他，我也和他一样感受到了如酥油一般润滑的春天小雨，我也和他一样看到了“草色遥看近却无”，我也和他一样看到了稀稀疏疏、刚刚破土而出的新芽，我感受到了他创造的“烟柳满皇都”。我会告诉他：“你的这份祝福，穿过千年的时空，在遥远的都市街头被人重新感受到了，我要感谢你，韩愈。”

春江潮水连海平，海上明月共潮生。
滟滟随波千万里，何处春江无月明！
江流宛转绕芳甸，月照花林皆似霰；
空里流霜不觉飞，汀上白沙看不见。
江天一色无纤尘，皎皎空中孤月轮。
江畔何人初见月？江月何年初照人？
人生代代无穷已，江月年年只相似。
不知江月待何人，但见长江送流水。
白云一片去悠悠，青枫浦上不胜愁。
谁家今夜扁舟子？何处相思明月楼？
可怜楼上月徘徊，应照离人妆镜台。
玉户帘中卷不去，捣衣砧上拂还来。
此时相望不相闻，愿逐月华流照君。
鸿雁长飞光不度，鱼龙潜跃水成文。
昨夜闲潭梦落花，可怜春半不还家。
江水流春去欲尽，江潭落月复西斜。
斜月沉沉藏海雾，碣石潇湘无限路。
不知乘月几人归，落月摇情满江树。

［宋］赵伯骕 春山图（局部）

春江花月夜

［唐］张若虚

本诗是一首七言歌行。全诗三十六句，每四句一韵，共转韵九次，被后人称为“以孤篇压倒全唐”。全诗像是围绕春天、江水、花朵、月亮、夜晚五个主题交织展开的乐章，意境邈远。首句就展现出非同寻常的意境：诗人从对景色的描写入手，细致描绘“春江”“明月”“花”“流霜”等，寥寥几句，我们便可以从中得到一幅月亮升起的图景。诗人借描写游子和思妇的思念之情，来表达自身的愁绪，并层层升华，最终将思念和悲伤的情绪烘托到极致。全诗通过对春夜江景和月景的细致描绘，使读者感受自然魅力的同时体会人生的意义。

［元］佚名　西湖图

水光潋滟晴方好，
山色空蒙雨亦奇。
欲把西湖比西子，
淡妆浓抹总相宜。

饮湖上初晴后雨二首·其二

[宋] 苏轼

西湖山水佳处，不可胜数。诗人苏轼却别出心裁，只写晴天时的“水光”和烟雨之中的“山色”，以至于“此诗一出，人人传诵，从此名湖佳人相映成趣”。苏轼以生动传神的笔墨描绘了西湖在不同气候下呈现的不同风姿，抒发了对西湖美景的喜爱之情。“欲把西湖比西子，淡妆浓抹总相宜”，这两句诗道出了美女西施与西湖共同的魅力，那就是“她们”不因装扮和阴晴而改变韵味。“西子湖”的美称也由此而来。

［宋］佚名　荷亭听雨图

风蒲猎猎小池塘。
过雨荷花满院香。
沈李浮瓜冰雪凉。
竹方床。
针线慵拈午梦长。

忆王孙·夏词

[宋]李重元

这一首夏词先写小池塘里，风中的水草猎猎有声，雨后的荷花更是散发出沁人的芬芳，使得满院都是荷花的香味。炎热的夏季，难得雨后清爽。这时候，又享用着投放在井里冷水冰镇的李子和瓜，真像冰雪一样凉啊，竹榻上，谁还有心思去拿针线做女红呢？没了汗，有了倦，美美地睡上一个午觉，应该是很惬意的事情啊！这首小令虽短，却描绘出一幅具有夏令特色的“仕女图”，别有情趣。

［宋］佚名　荷亭销夏图

绿树阴浓夏日长，
楼台倒影入池塘。
水晶帘动微风起，
满架蔷薇一院香。

山亭夏日

[唐]高骈

本诗是一首描写夏日风光的七言绝句。短短几句清新浅白的诗句，却深切地道出了夏日闲适的光景，随风舞动的青翠树木，湛蓝见底的池塘上倒映着水边的楼台和天边的云影，风儿带起的波纹替幽静的景致增添了一些活力和生气。忽起的微风骤然卷起院旁的掩帘，窥视着长满蔷薇的庭院，而馨香之气更随风飘散于院子和山野间。这是多么令人欣羡的景致啊！在短而浅白的诗句中，娓娓道来了夏日闲适却又满富生气的风景，令人仿佛嗅到了随风而至的芬芳花香。

［清］王翚 仿古山水册 马远花圃春烟（局部）

春晓

[唐] 孟浩然

春眠不觉晓，
处处闻啼鸟。
夜来风雨声，
花落知多少。

这是一首颂春、惜春的诗。诗人孟浩然一生的大部分时间都在隐居，这首诗就是诗人隐居鹿门山时所作。诗的首句写春睡的香甜，流露出对春天的喜爱；二、三两句从听觉入手，开拓了想象空间，描写春天的生机盎然；末句是叹春、惜春，使全诗的主题得到了升华。综观全诗，诗人抓住春日黎明的短暂瞬间，捕捉典型而细微的春天气息，诗句行云流水却又平易自然，意境深远，千百年来吟咏不衰。

隐隐飞桥隔野烟，
石矶西畔问渔船。
桃花尽日随流水，
洞在清溪何处边？

［明］仇英　桃花源图（局部）

桃花溪

［唐］张旭

《桃花溪》是唐代书法家、诗人张旭借鉴陶渊明《桃花源记》中的意境而创作的一首写景诗。此诗通过描写桃花溪幽美的景色和对渔人的询问，抒写一种向往世外桃源、追求美好生活的心情。全诗由远及近，首先写山谷深幽，迷离恍惚，隔烟朦胧，其境若仙；然后写近处桃花流水，渔舟轻泛，问讯渔人，寻找桃源。一个“问”字，将诗人也融入画卷之中，既见山水之容光，又见人物之情态。全诗构思精巧，情韵悠长，可谓言有尽而意无穷。

孤山寺北贾亭西，水面初平云脚低。
几处早莺争暖树，谁家新燕啄春泥。
乱花渐欲迷人眼，浅草才能没马蹄。
最爱湖东行不足，绿杨阴里白沙堤。

钱塘湖春行

[唐]白居易

本诗是一首写景抒情诗，通过对西湖早春美好景物的描绘，抒发了诗人游湖时的喜悦心情和对西湖之景的喜爱，整首诗结构严谨，衔接自然，对仗精工，语言清新，是吟咏西湖的经典名篇。诗的前三联撷取“典型镜头”，借“莺”“燕”“花”“草”等，有远有近、有静有动、有声有色地描写了“钱塘湖春行”。最后一联议论抒情，以“最爱”直抒胸臆，又以“行不足”含蓄地表达诗人的流连忘返。全诗就像一篇短小精美的游记，既写出了融和宜人的春意，又写出了自然之美给予诗人身心愉悦的感受。

[清]王原祁 西湖十景图（局部）

［清］恽寿平　燕喜鱼乐图

群芳过后西湖好，
狼藉残红。
飞絮濛濛。
垂柳阑干尽日风。
笙歌散尽游人去，
始觉春空。
垂下帘栊。
双燕归来细雨中。

采桑子·群芳过后西湖好

[宋]欧阳修

词人欧阳修晚年居于颍州西湖，见暮春之景无限感慨，遂成此篇。词的上阙写“群芳过后”的西湖之景，百花枯荣的暮春之景令词人不免孤寂惆怅。下阙写“笙歌散尽”、人去楼空，原本的热闹景象不再，更显空虚寂寥。全词先实写西湖暮春之景，又转而续写游人散去之“空”，词人的心境也在这虚实之间不断转化、升华，在繁华喧闹中腾然而起一种清醒而又明了的顿悟之情，空寂中夹杂着淡然的舒畅。

［清］王翚　墨迹册　江村夜雨

春夜喜雨

［唐］杜甫

好雨知时节，当春乃发生。
随风潜入夜，润物细无声。
野径云俱黑，江船火独明。
晓看红湿处，花重锦官城。

本诗描绘了春夜的雨景，一个“喜”字奠定全篇基调。全诗开篇明义，以“好”字歌咏春雨，春天是万物萌芽、生长的季节，正需要下雨之时，雨就下起来了，可谓及时，由此可见春雨的确很“好”；接着，极言春雨的特点，尤其是“潜”“细”二字，充分描绘出春雨特有的静谧、温柔与滋润，随后笔锋一转，营造出雨夜天地间的明暗交叠之景；最后，从夜晚写到天明，讴歌春雨滋润万物，满城花开之景。全诗不着一“喜”字，却处处见“喜”，文体结构严谨，环环相扣，别具风韵。

二八

［宋］李唐　山斋赏月图

月　夜

[唐] 刘方平

更深月色半人家，
北斗阑干南斗斜。
今夜偏知春气暖，
虫声新透绿窗纱。

本诗写春天月夜的美景。开篇首句写月色，次句写星斗，说明已是深夜；三、四句写春气和虫声，透出春天的气息和一片生机。全诗充满对春天月夜的赞美。“偏知”“新透”“绿”等凝练传神的字眼，表明诗人细腻的笔法。这首诗最绝妙之处在于一个“暖”字，诗人不直接写“暖”，而是通过寒夜月色下的虫声，来衬托这个“暖”字，就使得这个“暖”字，自带春意，自带喜悦，自带温情，自带惊喜和期盼。

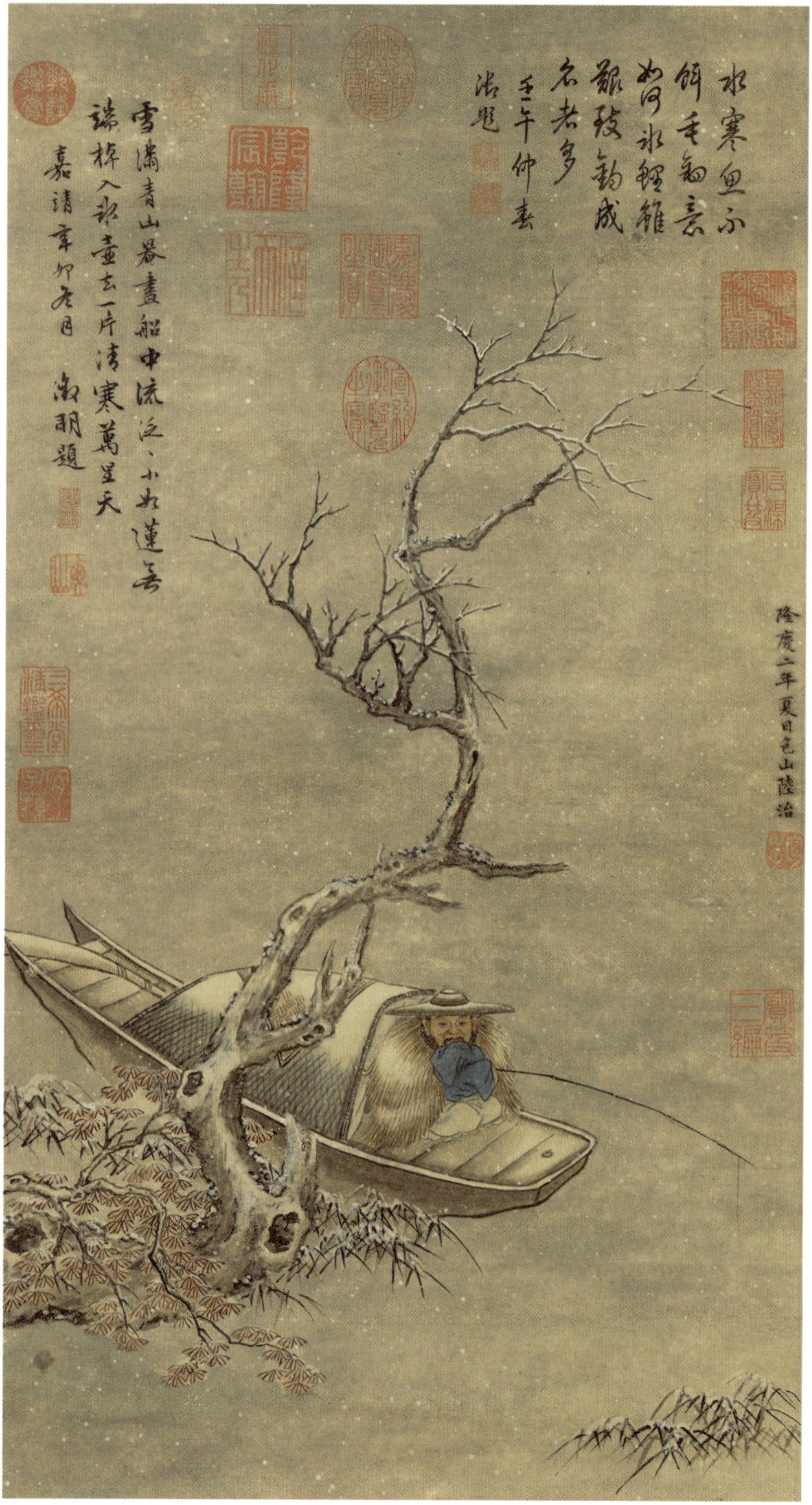

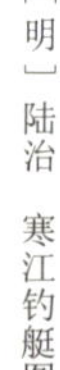

［明］陆治　寒江钓艇图

千山鸟飞绝，
万径人踪灭。
孤舟蓑笠翁，
独钓寒江雪。

江　雪

[唐] 柳宗元

本诗是柳宗元的代表作之一，是诗人被贬到永州（今属湖南，原名零陵）时所作。诗的前两句勾勒出一幅空间无限广阔又无比凄凉的奇特景象，后两句推出画面上的人物，虽显示出一些生气，但渔翁的孤独寂寞被凝聚到一个“钓”字上，诗人借诗咏叹隐居在山水之间的渔翁，来寄托自己清高而孤傲的情感，抒发自己在政治上失意的郁闷苦恼。全诗反映了诗人在参加王叔文官僚集团政治革新失败后，不屈而孤独的心境。在写法上，由远至近，由大至小，犹如电影的特写画面，堪称奇绝。

［明］陈焕　枫野春雨图（局部）

天街小雨润如酥，
草色遥看近却无。
最是一年春好处，
绝胜烟柳满皇都。

早春呈水部张十八员外二首·其一

[唐]韩愈

本诗是韩愈写给水部员外郎张籍的，张籍在兄弟中排行第十八，故称张十八。全诗语言清新自然、平淡直白，是一首描写和赞美早春美景的佳作。全诗开篇就写初春小雨，以“润如酥”准确抓住雨的特点，来形容它的润泽细腻；接着，写小草浸润春雨后的美景，若隐若现、若有似无，一派朦胧景象；最后，直抒胸臆，大加赞美，咏叹早春景色比晚春景色更富有绝美之情。全诗语言简练平淡，虽只写早春常见的“小雨”和“草色”，却构思新颖、别有风情，给人一种早春时节的清新舒适之感。

[宋]佚名　松涧山禽图（局部）

人闲桂花落，
夜静春山空。
月出惊山鸟，
时鸣春涧中。

皇甫岳云溪杂题五首·鸟鸣涧

[唐]王维

本诗是唐代诗人王维所作组诗《皇甫岳云溪杂题五首》中的第一首，是诗人王维游历江南时所作。全诗紧扣一个“静”字，全篇先写春山之中，桂花夜落的静谧之景，夜间花落是极不易察觉之事，在诗人笔下却因“人闲”而显得如此自然，将没有人世纷扰时，内心的安宁描写得淋漓尽致；接着展开月上枝头、惊鸟啼鸣的画面，动静之间，更显春山幽静。诗人以动衬静，将万籁俱寂之境表达出来。其实“静”与“不静”本就在一念之间，心外无物，禅趣暗含其中，令人赞叹！

遥夜泛清瑟，西风生翠萝。
残萤委玉露，早雁拂银河。
高树晓还密，远山晴更多。
淮南一叶下，自觉老烟波。

[元] 盛懋 江枫秋艇图（局部）

早秋三首·其一

[唐]许浑

本诗是一首描绘早秋景色的写景诗。诗的前四句写早秋的夜景，五、六两句写早秋的昼景，在描绘秋景的过程中，诗人注重高低远近，落笔细致而层次井然。最后两句，运用了《淮南子》中的典故——“一叶落而知天下秋”，浑然一体、神气十足，又将身世感叹暗寓于其中。诗人以清丽的笔调描绘了遥夜、西风、翠萝、残萤、玉露、早雁、远山、落叶等初秋景色，用写景寄托自己的情怀，颇多感慨，悠然不尽。

一春略无十日晴，处处浮云将雨行。
野田春水碧于镜，人影渡傍鸥不惊。
桃花嫣然出篱笑，似开未开最有情。
茅茨烟暝客衣湿，破梦午鸡啼一声。

[清] 恽寿平　湖山春暖图（局部）

春　日

[宋] 汪藻

本诗描写了诗人春日外出游玩时所见的美好景致。春天是美好的季节，这样美好的春天被缠绵的春雨所浇灌，田野中春水荡漾，天上的白云也像是被春雨浸润；田野间碧绿一片，沙鸥点点，娇艳的桃花鲜嫩欲滴、含苞待放，好似娇俏女儿巧笑嫣然，十分惹人喜爱；茅屋炊烟，沾衣微湿，午后的一声鸡鸣将好梦唤醒，却又复归静谧。全诗美景迭出，诗情画意间都是对春日美景的感慨，以及春旅悠闲自得的怡然之情。

[清] 袁耀　汉宫秋月图

银烛秋光冷画屏，
轻罗小扇扑流萤。
天阶夜色凉如水，
坐看牵牛织女星。

秋 夕

[唐] 杜牧

这首诗写宫女秋夜怨思，但怨思之情无一字道出，全从景物中暗示，而景物又描写得清明透彻，宛然目前。此诗自初夜写至夜深，层层描写出宫女的心境。一、三句写时间的变化，而二、四句顺应时间写出宫女心境的变化：初夜时，宫女还以扇扑打流萤来消遣，而至夜深满天星斗时，七夕渡河相会的牛郎、织女深深地刺痛了她的心，一种哀怨之情油然而生……诗人从侧面烘托出宫女的愁思，生动而传神。难怪《唐人万首绝句选》评曰："诗中不着一意，言外含情无限。"

［明］董其昌　霜林秋思图（局部）

小径红稀，
芳郊绿遍。
高台树色阴阴见。
春风不解禁杨花，
蒙蒙乱扑行人面。

翠叶藏莺，
朱帘隔燕。
炉香静逐游丝转。
一场愁梦酒醒时，
斜阳却照深深院。

踏莎行·小径红稀

[宋]晏殊

本词主要描写了暮春初夏的景象，表达了词人对时光流逝不歇的感慨与忧愁。词的上阕描述了词人外出郊游所见，开头二句描绘了具有典型特征的暮春郊景。随后将春风拟人化，写蒙蒙扑面的杨花，情景交融。下阕两句分别写室外与室内之景，起承转合间，圆融自然。结尾两句由景及情，写“愁梦酒醒”之态，将词人的无限愁绪暗含于斜阳之中，既有对韶光易逝的感慨与惋惜，也有对暮春初夏时节欣欣向荣景象的欣赏之情，情深思远，令人回味无穷。

［五代］董源　江堤晚景图（局部）

东城渐觉风光好，
縠皱波纹迎客棹。
绿杨烟外晓寒轻，
红杏枝头春意闹。

浮生长恨欢娱少，
肯爱千金轻一笑？
为君持酒劝斜阳，
且向花间留晚照。

玉楼春·春景

[宋]宋祁

这首词上阙写景，开篇写明媚春光，大笔勾勒，无限美好；接着细细勾勒，写春水迎棹、弱柳扶风，船桨划过之处，水光潋滟；岸边的杨柳、杏花仿佛也在这春光中更加灵动、俏皮。一个“闹”字，将杏花拟人化，神来之笔，万物生动。正如王国维先生在《人间词话》中这样说：“著一‘闹’字而境界全出。”

下阙抒情，在无限美好的春光中，词人引发了无尽感慨。全词不仅有对春日美好之欣喜，也有青春年华的明媚，辞藻华丽、淳朴率性，堪称佳作。

［元］朱叔重 春塘柳色图（局部）

蝶恋花·六曲阑干偎碧树

［宋］晏殊

六曲阑干偎碧树。
杨柳风轻，
展尽黄金缕。
谁把钿筝移玉柱。
穿帘海燕双飞去。
满眼游丝兼落絮。
红杏开时，
一霎清明雨。
浓睡觉来莺乱语。
惊残好梦无寻处。

这首词是词人模仿闺阁女子的口吻所作，语言明丽生动。全词以写景开篇，绿荫之中是一座小楼，曲曲折折的栏杆与一旁的碧树相映成趣，杨柳在微风中轻舞，柳絮飞扬之间，双飞的燕子在帘间悠然来去。上阙写春日景象，视觉、听觉相互融合，隐隐有孤寂惆怅之情；下阙重在抒情，词人对于春光的逝去无可奈何，只能将这样的情感暗藏于游丝、落絮、红杏花之中。全词寓情于景，因而被谭献在《谭评词辨》中评为：“金碧山水，一片空蒙。”

〔清〕王翚 水阁延凉图

云收雨过波添，
楼高水冷瓜甜，
绿树阴垂画檐。
纱厨藤簟，
玉人罗扇轻缣。

天净沙·夏

[元]白朴

这首小令运用写生手法，勾勒出一幅宁静清新的“夏日图”。整首小令中没有人们熟悉的燥热、喧闹，却描写了一个静谧、清爽的情景，令人神清气爽。作者特意选择雨后的片刻，将夏日躁动的特征，化为静态：云收雨过，绿荫低垂，给人一种清爽、恬静、悠闲的感受。这首小令好像是从楼上女子的角度来描写的，作者着重突出的是一种情绪体验，“楼高水冷瓜甜”，正是这一具体情景下的独特感受。

第二章

壮游

第一章所选诗歌的目的是希望大家“重回”童年，以赤子之心重新感受世界。我们感受世界的目的是让自己舒适、快乐。人生有两种“快乐”的状态：一种是“独乐乐”，另一种是“众乐乐”。“众乐乐”就是自己感受到快乐的同时渴望与别人分享快乐。所以，我们要出发，要远行，要离开故土。中国人对离开故土一般有两种想法，一种是“好男儿志在四方”，另一种是“父母在，不远游”；但很少有人知道“父母在，不远游”后面还有半句话是“游必有方”。我对此的理解是你可以出去，可以远行，但是你要有周全的规划，你要告诉父母让他们放心。其实古人还是鼓励外出，他们认为“四海之内皆兄弟”。

在中国古代有一群诗人，他们有一个非常迷人的举动，我称之为“壮游”。这种“壮游”不是日常旅行，也不是工作性质的出差，而是诗人蕴藏十多年的青春能量在迸发的瞬间，渴望去一片陌生的土地，他渴望遇到和自己灵魂契合的知己，然后迸发出同样的生命热情，一起去礼赞自然，礼赞天地，礼赞大好河山。中国古代男子到了十四岁左右会行冠礼，也就是举行成年礼，表示已经成年。成年之后就有资格出远门，寻找自己的出路。本章节以“壮游”为线索，我们来看看古代少年以怎样的心境离开故乡，去到更远的地方后又有怎样的所见、所闻、所感。

我很喜欢少年时的王维。据史书记载，他是一位白衣飘飘的美少年，而且家境殷实，用当代人的话说就是标准的“高富帅”。

王维的姓氏就很不一般，属于五姓七族。五姓七族在隋唐时期威望很高，他们分别是陇西李氏、赵郡李氏、博陵崔氏、清河崔氏、范阳卢氏、荥阳郑氏、太原王氏。王维的父亲为太原王氏，王维的母亲为博陵崔氏，因此王维生下来就有一块“金字招牌”在身上。他的母亲笃信佛教，因而以“维摩诘菩萨”之名给王维取字“摩诘”。本次我们就暂且选择与王维同行，跟随这位富家翩翩公子从他的老家山西太原出发，去看看天下读书人的城池——长安城。

今天，我们可能觉得山西到陕西并不是太远，虽然横亘着太行山，横亘着秦岭，但当时可是要跨越千山万水，这一路定会遇到很多陌生人。我们就以第一首王维的《少年行》为例，“新丰美酒斗十千”中的“新丰”是地名，中国的地名中有新就会有旧，所以有“新丰”就会有“旧丰”，“旧丰”是刘邦的故里。汉高祖刘邦思念故土，于是在长安城附近按照自己家乡的模样造了一座城，于是便有了“新丰”。汉高祖地位崇高，因而有资格在他造的城里生活的基本上都是贵族子弟，因此“新丰”几乎成了贵族子弟的代名词。王维自诩跟那群“新丰少年”一样：你们可不要小看我，我可是天子脚下的“新丰公子哥”。“斗十千”是一个极为夸张的词汇，正常人喝下十千斗的酒一定会酩酊大醉，但他觉得自己不一般：我出身高贵，我是“新丰美少年”，同时我喝的又是昂贵的美酒。

“咸阳游侠多少年”一句出现了游侠的概念，游侠是中国古

代墨家的典型形象，他们行侠仗义、替天行道。墨家在后来是被主流社会忽视甚至打压的，但是在诗歌中一直是以隐喻的方式存在，比如王维诗中的游侠。这时我们发现，王维已经不是我们所以为的文质彬彬的翩翩公子，他渴望有一种少年豪气，他想行侠仗义，此时你才会明白为什么直至现在每一代青少年都喜欢读武侠小说。王维青少年时期也非常喜欢读武侠小说，他有个武侠梦，所以他给了自己这样的“名片”：第一，我是来自新丰爱喝酒的美少年；第二，我是咸阳贵族子弟；第三，我是游侠。带着这样的“名片”，游侠王维即将出发，接下来他会遇见谁？

“相逢意气为君饮”的意思是说我遇见了一个人，我跟这人意气相投，我们同是天涯少年人，相逢何必曾相识，我们之前是否认识不重要，但是此时此刻我认定这个人，我就是喜欢这个人，我为这个人喝这杯酒。他的潜台词则是：我以前是不喝酒的，冲

［明］仇英 辋川十景图（局部）

着这个人，我就把这杯酒喝下去。这是多么的热情、豪迈，为一个从来没有接触过的陌生人，就为一瞬的喜欢，就去欣赏他、结交他。但这与第一句是自相矛盾的，首句中说自己酒量特别好，现在又说自己从不饮酒，可见第一句是在“吹牛”，可能爱“吹牛”是每一个不羁的少年人都会干的事，至少少年时的王维是如此。

“系马高楼垂柳边”就像是一幅画，画面中有一处不大不小的酒楼，酒楼门口有一棵柳树，柳树上面拴着马的缰绳，匹健硕的马儿在树下悠闲地吃草。那它的主人呢？必然是在酒楼之中，你可以大胆地想象酒楼中何其喧闹，当推开酒楼的窗户，你会想象到这匹马的主人和他的少年朋友是何其恣意地谈天说地，何其淋漓畅快地饮酒。因此古诗中的“以静写动”，是非常巧妙的，它本身就是一个画面，写到这里恰到好处，如果王维再往下写，说马在外面多么安静，我们在里面多么畅快，那就是记叙文而不是诗歌了。诗歌的美好之处在于克制，无论是外国诗人还是中国古代诗人，诗写到了最妙的那一瞬，便戛然而止，但是恰到好处，给人留下无限的遐想。后人评价王维的诗“诗中有画，画中有诗”是非常有道理的。“系马高楼垂柳边”是非常唯美安静的画面，但是又洋溢着轰轰烈烈的青春热情。

我们的远行这才刚刚开始，接下来我们会遇到更多的“少年”，比如正在慨叹“蜀道之难，难于上青天”的李白，比如正在吟诵“窗含西岭千秋雪，门泊东吴万里船”的杜甫，我们也会和王之涣一起登上鹳雀楼，看那“白日依山尽，黄河入海流”……这时，我们才发现，中国古代的每一位伟大诗人都会远行，都会经历一次“壮游”。

我在王维写《少年行》的年纪时，正在上初中或者高中，放学之后还要上培训班，我的生命被“困”住了，就像酒楼门前被拴住的那匹马一样。而我们之所以读诗，就是希望把这根绑住我们的绳子剪掉，让马儿可以自由奔跑。阅读诗歌的价值就在于呼唤个性、自由，释放少年的天性，这也是教育的“回归”。少年可以纵横四海，拥有梁启超在《少年中国说》中展现的少年气息。这种少年气息从古延续至今，但我认为现在这种少年气息极其微弱。我认为，现在的部分少年人变得暮气沉沉，他们的颈椎被书包压弯，他们的视力越来越差，他们的镜片越来越厚，他们的眼神越来越呆滞，甚至完全丧失了“相逢意气”、“壮游”远方的热情。我们编写这本诗词的目的就是唤醒大家行走在生命中，“壮游”未必是去地理上的远方，我们可以通过读诗，通过发挥想象力抵达那里。比如，杜甫《望岳》中“会当凌绝顶”的意思是“我一定要登上山顶”，也就是说在写这首诗的时候，杜甫并没有登上这座山，甚至有可能杜甫根本就没有登上过山巅，但是他已经想到登上去之后的事，他会“一览众山小”。

当你读了更多的诗歌，交了更多的像王维、杜甫这样的朋友之后，你就会和他们一样，即便不达泰山之巅，依然可以俯瞰众生。我们有很多旅行的经历，尤其是春游和秋游，但是后来想想大部分都已忘记了。这时，你可以通过读诗抵达只属于你的远方。我推荐大家多读和地理相关的古诗词，你会发现很多地方你已经去过：庐山你已经去过，黄山你已经去过。少年“壮游”的目的不是希望大家行走四方，如果有条件当然非常好，但如果没有机会行“万里路”，就来读一读诗，抵达心中的远方。

［明］佚名　望海楼图

登鹳雀楼

[唐] 王之涣

白日依山尽，
黄河入海流。
欲穷千里目，
更上一层楼。

这首诗以开阔雄浑的意境，展现出诗人豪放爽朗的性格和广阔不凡的胸襟抱负，反映了盛唐时期人们积极向上的进取精神。诗的前两句写所见之景，把上与下、远与近的景物，全都纳入笔下，使画面显得宽广、辽远，且气势磅礴；后两句情景交融，意境深远，既表达了诗人进取乐观的精神、高瞻远瞩的胸襟，也道出了“要站得高才看得远”的哲理。全诗诗句风格自然融洽，和谐统一。

剑阁峥嵘而崔嵬，一夫当关，万夫莫开。
所守或匪亲，化为狼与豺。
朝避猛虎，夕避长蛇；
磨牙吮血，杀人如麻。
锦城虽云乐，不如早还家。
蜀道之难，难于上青天，侧身西望长咨嗟！

［近现代］傅抱石　蜀山图（局部）

蜀道难

［唐］李白

噫吁嚱，危乎高哉！蜀道之难，难于上青天！
蚕丛及鱼凫，开国何茫然！
尔来四万八千岁，不与秦塞通人烟。
西当太白有鸟道，可以横绝峨眉巅。
地崩山摧壮士死，然后天梯石栈相钩连。
上有六龙回日之高标，下有冲波逆折之回川。
黄鹤之飞尚不得过，猿猱欲度愁攀援。
青泥何盘盘，百步九折萦岩峦。
扪参历井仰胁息，以手抚膺坐长叹。
问君西游何时还？畏途巉岩不可攀。
但见悲鸟号古木，雄飞雌从绕林间。
又闻子规啼夜月，愁空山。
蜀道之难，难于上青天，使人听此凋朱颜！
连峰去天不盈尺，枯松倒挂倚绝壁。
飞湍瀑流争喧豗，砯崖转石万壑雷。
其险也如此，嗟尔远道之人胡为乎来哉！

《蜀道难》是李白浪漫主义诗风的代表作，题目袭用了乐府旧题。通篇紧扣一个“难”字，宛如一幅蜀道山水长卷，描绘了天梯石栈、飞鸟难渡、猿猱愁攀、杜鹃哀鸣……其中有丰富奇特的想象，谲奇大胆的夸张，还“熔铸”了古老的神话传说和民谚，将历史、现实、神话交织在一起，纵横捭阖，句式也随着感情的变化参差，充满极其浓厚的浪漫主义色彩，艺术地再现了古蜀道惊心动魄的高峻、曲折、艰险，以此歌咏蜀地山川的壮秀，显示出山河的雄伟壮丽。

[元] 夏永 丰乐楼图

少年行四首·其一

[唐] 王维

新丰美酒斗十千，
咸阳游侠多少年。
相逢意气为君饮，
系马高楼垂柳边。

这首诗写少年游侠的欢聚痛饮，一群朝气蓬勃的少年游侠在“新丰美酒”的映衬下，越发显得风流倜傥、豪纵不羁。最后一句景物描写不仅勾勒出酒楼的风光，而且烘托了游侠形象：“马”烘托出少年侠客的刚健奔放，“高楼”烘托出少年侠客的豪迈气概，“垂柳”则烘托出少年侠客的飘逸风流。整首诗富有浪漫主义色彩，洋溢着一种昂扬的精神，具有鼓舞人心的艺术力量。

怒发冲冠，凭栏处、潇潇雨歇。
抬望眼、仰天长啸，壮怀激烈。
三十功名尘与土，八千里路云和月。
莫等闲、白了少年头，空悲切。

靖康耻，犹未雪。
臣子恨，何时灭。
驾长车，踏破贺兰山缺。
壮志饥餐胡虏肉，笑谈渴饮匈奴血。
待从头、收拾旧山河，朝天阙。

[清] 郎世宁 玛瑺斫阵图（局部）

满江红·写怀

[宋]岳飞

这首词很好地展现了岳飞“精忠报国”的英雄之志，表现出一种气吞山河的浩然正气与英雄本色，表达了词人立志报国的决心和乐观主义精神。“壮志饥餐胡虏肉，笑谈渴饮匈奴血”和“待从头、收拾旧山河”两句把收复山河的宏伟壮志，以及即使经历艰苦的征战也决不放弃的精神以一种乐观主义的情怀表现出来。通读酣畅淋漓的全词，不禁感慨，也许只有胸怀大志、思想高尚的人，才能写出这样真挚感人的词句。

［清］张廷彦　平定乌什战图（局部）

金错刀行

[宋]陆游

黄金错刀白玉装，夜穿窗扉出光芒。
丈夫五十功未立，提刀独立顾八荒。
京华结交尽奇士，意气相期共生死。
千年史册耻无名，一片丹心报天子。
尔来从军天汉滨，南山晓雪玉嶙峋。
呜呼！楚虽三户能亡秦，
岂有堂堂中国空无人！

这是一首七言歌行，四句一转韵，抑扬顿挫。全诗借金错刀咏物言志，先写金错刀用黄金装饰，又有白玉装饰，华美无比，即使在暗夜之中也能熠熠生辉，光芒直冲天际。接着写大丈夫年过半百，但还未建功立业的迷茫与踌躇，期望能有机会一展抱负、建功立业。随后诗人写自己结交的能人志士都有保家卫国的万丈豪情，但未能有机会一展抱负、流传史册，因此感到十分羞愧，唯有一片丹心，坚信一定能抗金报国。全诗感情充沛，随着诗人情感变化而起伏跌宕，抒怀言志、催人奋起。

［明］仇英　莲溪渔隐图（局部）

人人尽说江南好，
游人只合江南老。
春水碧于天，
画船听雨眠。

垆边人似月，
皓腕凝霜雪。
未老莫还乡，
还乡须断肠。

菩萨蛮·人人尽说江南好

[唐]韦庄

这首词语言风格朴实生动，描写了江南水乡的人美、景美、生活美，表现了诗人对江南水乡的依恋之情，也抒发了诗人漂泊难归的愁苦之感，情真意切、令人动容。词的上阙赞美江南风光，只用“春水碧于天，画船听雨眠”十个字就生动地写出了江南风光的优美，引发读者的无限联想；下阙写思乡之情，诗人想起当垆卖酒的女郎，明洁似月、光彩照人……这样温馨的回忆却又忽然使诗人产生了忧愁，个中滋味，全由读者体会。

对酒当歌，人生几何！
譬如朝露，去日苦多。
慨当以慷，忧思难忘。
何以解忧？唯有杜康。
青青子衿，悠悠我心。
但为君故，沉吟至今。
呦呦鹿鸣，食野之苹。
我有嘉宾，鼓瑟吹笙。
明明如月，何时可掇？
忧从中来，不可断绝。
越陌度阡，枉用相存。
契阔谈讌，心念旧恩。
月明星稀，乌鹊南飞。
绕树三匝，何枝可依？
山不厌高，海不厌深。
周公吐哺，天下归心。

[近现代] 傅抱石　山水高士图

短歌行·对酒当歌

[汉] 曹操

《短歌行》是乐府古题。本诗情感激昂，一改两汉时期颓靡之风，令人耳目一新。开篇先写曹操一边饮酒，一边引吭高歌，感慨人生短暂、稍纵即逝。听着酒席间慷慨激昂的歌声，诗人痛饮酣畅，以解心头愁闷。诗人为何而发愁呢？他希望天下英才能为自己所用，渴望贤能之士来到自己身边，施展抱负，建立丰功伟绩，莫辜负大好时光。全诗运用比兴的手法将诗人求贤如渴、一展抱负的雄心壮志跃然纸上，诗句情感丰沛、寓理于情。

［宋］马和之　柳塘鸳戏图

两个黄鹂鸣翠柳，
一行白鹭上青天。
窗含西岭千秋雪，
门泊东吴万里船。

绝句四首·其三

[唐]杜甫

这首诗是诗人住在成都浣花溪草堂时所写，描写草堂周围明媚秀丽的春景，色彩清丽、优美如画，于恬静中有动态，于诗意中面“千秋”、见“万里”。全诗一句一景，但诗人的内在情感使其内容一以贯之，清新轻快的景色中寄托诗人复杂的内心情绪。全诗构思精巧、对仗工整，四句诗一句就是一个场景，不但诗句中的名词、动词、形容词、方位词、数量词做到了对仗，就连描写物象的颜色都对仗工整，做到了细类相对，难怪古人谈到“对偶”多以此诗为范，此诗堪称“奇作”“绝唱”。

［明］佚名　风雨泊舟图

独怜幽草涧边生，
上有黄鹂深树鸣。
春潮带雨晚来急，
野渡无人舟自横。

滁州西涧

[唐] 韦应物

此诗是一首写景诗，是诗人韦应物最负盛名的写景佳作。全诗描写了诗人春游滁州西涧所赏之景和“春潮带雨”的野渡所见。诗的前两句写暮春之景，“怜幽草”而轻“黄鹂”，以“喻乐守节，而嫉高媚”，别有会心；后两句写“春潮带雨”之“急”，使人如闻其声，“野渡舟横”之景也蕴含一种“不在其位，不得其用”的无可奈何之感。全诗写景如画、野趣盎然，但诗人的寥落之感，昭然可见。

〔宋〕佚名　云关雪栈图

望蓟门

[唐]祖咏

燕台一去客心惊，笳鼓喧喧汉将营。
万里寒光生积雪，三边曙色动危旌。
沙场烽火连胡月，海畔云山拥蓟城。
少小虽非投笔吏，论功还欲请长缨。

这首诗写诗人到边塞之地所见到的壮丽景色，抒发其立功报国的壮志与爱国情怀。全诗一气呵成，体现了盛唐诗人的昂扬之情。全诗从军事上落笔，着力勾勒山川形胜，意象雄伟阔大。通篇紧扣一个“望”字，写“望”中所见，抒“望”中所感，格调高昂、感奋人心。诗中多用实字，却没有堆砌拼凑之感；意转而词句中却不露转折之痕，有气脉空灵之妙，这是骈文家所谓的“潜气内转”，也是古文家所谓的“突接”，是盛唐诗人的绝技。

日出东方隈，似从地底来。
历天又复入西海，六龙所舍安在哉？
其始与终古不息，人非元气，
安得与之久徘徊？
草不谢荣于春风，木不怨落于秋天。
谁挥鞭策驱四运？万物兴歇皆自然。

羲和！羲和！
汝奚汩没于荒淫之波？
鲁阳何德，驻景挥戈？
逆道违天，矫诬实多。
吾将囊括大块，浩然与溟涬同科！

日出行

[唐]李白

《日出行》是诗人李白借用乐府旧题创作的诗篇。此诗反用汉乐府原诗的本意，日出日落、四时变化，都是自然规律的表现，而人是不能违背和超脱自然规律的，不能“逆道违天”，而应同自然融为一体、适应自然，也充分展示了诗人的浪漫主义精神。全诗采用了杂言句式，把叙事、抒情和说理融于一体，不拘一格，情理相生，或问或答，表达了深刻的哲理，具有论辩性和说服力。

[明]戴进 海水旭日图（局部）

岱宗夫如何？齐鲁青未了。
造化钟神秀，阴阳割昏晓。
荡胸生层云，决眦入归鸟。
会当凌绝顶，一览众山小。

[清] 王翚 康熙南巡图卷三之济南至泰山（局部）

望 岳

[唐] 杜甫

《望岳》是杜甫青年时代的作品，时值唐代开元年间，诗人"壮游"，所以全诗充满了诗人青年时代的浪漫与激情。全诗中没有一个"望"字，却又紧紧围绕诗题中的"望"字着笔，每一句诗都向岳而望，不但反映了泰山的雄奇之美，也表现了诗人宽广的胸襟。整首诗由远及近，由朝到暮，进而联想到"登泰山而小天下"。"会当凌绝顶，一览众山小"，这是何等的气魄！诗人描写了泰山雄伟磅礴的气象，抒发了自己勇于攀登、傲视一切的雄心壮志，洋溢着蓬勃向上的朝气。

金樽清酒斗十千，玉盘珍羞直万钱。
停杯投箸不能食，拔剑四顾心茫然。
欲渡黄河冰塞川，将登太行雪满山。
闲来垂钓碧溪上，忽复乘舟梦日边。
行路难，行路难，多歧路，今安在？
长风破浪会有时，直挂云帆济沧海。

[明] 吴伟　长江万里图（局部）

行路难三首·其一

[唐] 李白

此诗为七言歌行，虽只是短篇，但具有长篇的气势格局。诗的开头让人感觉似是一场盛大欢乐的宴会，但紧接着用“停杯投箸”和“拔剑四顾”两个细节显示了诗人内心感情波涛的强烈冲击，中间四句，表现诗人的心理变化交替；结尾部分经过前面的反复回旋以后，境界顿开，“唱”出了高昂乐观的调子，诗人相信自己的理想抱负终有实现的一天。此诗既充分显示了诗人内心对黑暗污浊的政治现实的苦闷和不平之情，又突出表现了诗人的倔强、自信，以及他对理想的执着追求，展示出了强大的精神力量。

东临碣石，以观沧海。
水何澹澹，山岛竦峙。
树木丛生，百草丰茂。
秋风萧瑟，洪波涌起。
日月之行，若出其中。
星汉灿烂，若出其里。
幸甚至哉，歌以咏志。

[明] 仇英 画观海图

观沧海

[汉] 曹操

本诗是一首四言诗，主要写曹操登山望海时所见的壮丽景象。曹操东游到碣石山，登山远望，看到了苍茫辽阔的大海。海面宽阔，海水浩浩汤汤，海中山岛高高耸立，树木葱郁，百草茂盛。秋风阵阵，传来萧瑟之声，海面翻涌起巨浪，令人不禁感慨：日月星辰，何其浩渺；自然万物，不以个人的意志而转移。看着吞吐日月的大海，诗人心胸更加辽阔，借景抒情，将自己的豪情壮志也寄托在这壮阔的情境之中。全诗语言质朴，感情奔放，苍凉悲壮，是建安风骨的代表之作。

［明］沈周　庐山高图

庐山谣寄卢侍御虚舟

[唐]李白

我本楚狂人，
凤歌笑孔丘。
手持绿玉杖，
朝别黄鹤楼。
五岳寻仙不辞远，
一生好入名山游。
庐山秀出南斗旁，
屏风九叠云锦张。
影落明湖青黛光，
金阙前开二峰长，
银河倒挂三石梁。
香炉瀑布遥相望，
回崖沓嶂凌苍苍。
翠影红霞映朝日，
鸟飞不到吴天长。

登高壮观天地间，
大江茫茫去不还。
黄云万里动风色，
白波九道流雪山。
好为庐山谣，
兴因庐山发。
闲窥石镜清我心，
谢公行处苍苔没。
早服还丹无世情，
琴心三叠道初成。
遥见仙人彩云里，
手把芙蓉朝玉京。
先期汗漫九垓上，
愿接卢敖游太清。

此诗是李白晚年的作品。此诗先写作者之行踪，次写庐山之景色，末写隐退幽居之愿想。全诗不仅浓墨重彩地描绘了庐山秀丽雄奇的景色，更主要的是表现了诗人狂放不羁的性格，以及政治理想破灭后想要寄情山水的心境。诗中流露出诗人既想摆脱世俗的羁绊，进入缥缈虚幻的仙境，又留恋现实、热爱人间美好风物的矛盾复杂的内心世界。全诗风格豪放飘逸，境界雄奇瑰丽，笔势错综变化，诗韵亦随着诗人情感的起伏而转换，跌宕多姿，极尽抑扬顿挫之美，富有浪漫主义色彩。

［清］董邦达　江关行旅图（局部）

黄河远上白云间，
一片孤城万仞山。
羌笛何须怨杨柳，
春风不度玉门关。

凉州词·出塞

[唐] 王之涣

此诗是唐代诗人王之涣的组诗作品《凉州词》中的第一首。此诗以独特的视角描绘了黄河远眺的特殊感受，同时也展示了边塞地区壮阔、荒凉的景色，流露出一股慷慨之气，边塞的酷寒体现了戍守边防的征夫回不了故乡的哀怨，这种哀怨之情壮烈广阔。诗的前两句描写了西北边地广漠壮阔的风光；接着忽而一转，引入羌笛之声，勾起征夫的离愁，引发联想、深化诗意；最后写边地苦寒，暗含着无限的乡思离情。全诗艺术手法委婉蕴藉，情调悲壮，是难得的佳作。

［宋］马永忠　水榭荷香图（局部）

梅雨霁，
暑风和。
高柳乱蝉多。
小园台榭远池波。
鱼戏动新荷。

薄纱厨，
轻羽扇。
枕冷簟凉深院。
此时情绪此时天。
无事小神仙。

鹤冲天·溧水长寿乡作

[宋]周邦彦

这首词作于周邦彦任溧水令时期，词中写景富有地方和季节特征。“鱼戏动新荷”逼真生动，表达词人对新生活的喜悦。“小园台榭”远离“池波”，溧水地近茅山，求仙学道的风气很盛，且远离政坛，高柳上的“乱蝉”再多，词人也对此无可奈何。词人此时仕途日趋平稳，生活渐渐安顿下来，便有了“无事小神仙”的安然。所谓“小神仙”，并不是小小的神仙，而是小觑神仙，有“孔子登东山而小鲁，登泰山而小天下”之意，细细品读，这是何等快意洒脱！

［辽］胡瓌　出猎图（局部）

江城子·密州出猎

[宋] 苏轼

老夫聊发少年狂，
左牵黄，
右擎苍，
锦帽貂裘，
千骑卷平冈。
为报倾城随太守，
亲射虎，
看孙郎。

酒酣胸胆尚开张，
鬓微霜，
又何妨！
持节云中，
何日遣冯唐？
会挽雕弓如满月，
西北望，
射天狼。

本词是苏轼任密州知州时的作品，也是豪放词派的开山之作。词人苏轼，才华横溢，有报国立功的信念，但因和宰相王安石政见不合，只得自动请求外任。创作这首词的时候，他已四十，时值西北边事紧张，西夏多次进攻边境。词人在上阙生动形象地描绘了一幅气势恢宏的“出猎图”，下阙刻画了一位老当益壮、忠心报国的英雄太守形象。整首词纵情豪迈，洋溢着词人的豪情壮志和爱国情怀，读来铿锵有力、威武豪迈。

［清］郎世宁　阿玉锡持矛荡寇图（局部）

当年万里觅封侯。
匹马戍梁州。
关河梦断何处，
尘暗旧貂裘。
胡未灭，
鬓先秋。
泪空流。
此生谁料，
心在天山，
身老沧洲。

诉衷情·当年万里觅封侯

[宋]陆游

此词是词人回忆往昔戎马岁月，感慨报国无门、壮志难酬的述怀之作。上阙开篇追忆词人昔日戎马生涯。词人少年壮志，鹏程万里，为了寻求建功立业的机会，不惜单枪匹马奔赴梁州，保卫边境，但是如今的渴望只能在梦里才会实现，以至于梦醒时他不知自己到底身在何处。旧时出征穿的貂裘都蒙上了灰尘。胡人还没被消灭，自己已经两鬓斑白，内心一直渴望能到前线冲锋杀敌，但身躯却在沧州日渐衰老，再也不复当年疆场上的意气风发。“烈士暮年，壮心不已”，全词通过今昔对比，表现词人壮志不得实行、无人理解的悲凉，加之丹心赤忱、誓死卫国的情怀，鲜明的对比中是诉不尽的忧愁。

［清］钱维城　塞山秋月图（局部）

醉里挑灯看剑，
梦回吹角连营。
八百里分麾下炙，
五十弦翻塞外声，
沙场秋点兵。

马作的卢飞快，
弓如霹雳弦惊。
了却君王天下事，
赢得生前身后名。
可怜白发生！

破阵子·为陈同甫赋壮词以寄之

[宋] 辛弃疾

本词是词人作于失意闲居信州（今江西上饶）之时，写给抗金主张上志同道合的好朋友陈亮的作品。本词通过追忆早年抗金部队的阵容气概，以及词人自己的沙场生涯，表达了杀敌报国、收复失地的理想，抒发了壮志难酬、英雄迟暮的悲愤心情；通过创造雄奇的意境，生动地描绘出一位披肝沥胆、忠贞不贰、勇往直前的将军形象。全词在结构上打破成规，前九句为一意，末一句另为一意，以末一句否定前九句，前九句写得酣畅淋漓，正为加重末一句的失望之情，这种艺术手法体现了辛词的豪放风格和独创精神。

第三章

思乡

生活不如意时，往往会想起故乡，少有人会在成功时想起故乡。所以，故乡对多数人而言，是一个早年被嫌弃，后来又被眷恋的地方。中国人或早或晚都会思念故乡，但是早年都想摆脱故乡。在你经历了“出发”和“壮游”之后，经历了人世的风吹雨打之后，你会怀念故乡的那种朴素美好的情感，会意识到故乡的珍贵。不管人生多么不顺，故乡都不会嫌弃你，故乡永远在静静地守候你、接纳你、包容你，这就是故乡的美好。

思乡是中国人永恒的情结，无论是伟大的诗人，还是普通的我们，都很难回到故乡。但凡人有了思乡情感之后，会美化故乡，而过于美好的故乡成了一个永远回不去的地方，一个根本不存在的远方。

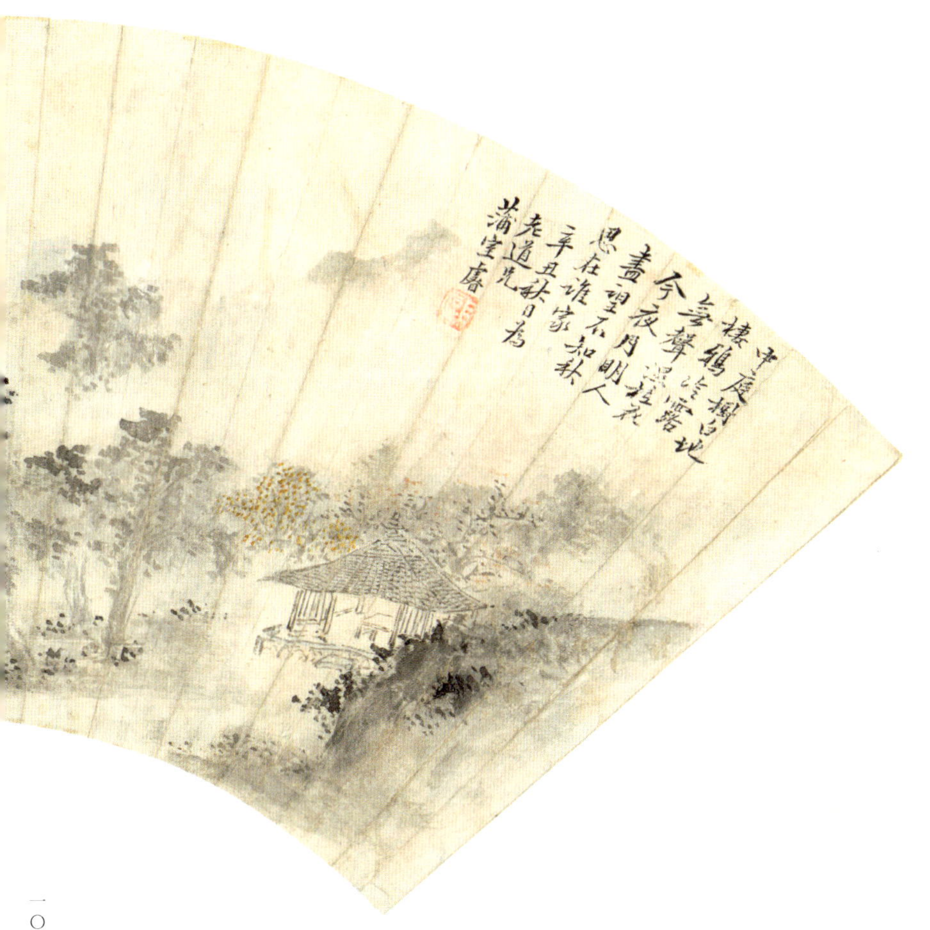

[清] 上睿 月明秋思图

我十一岁离开老家，它是坐落在京杭大运河边上的一个村庄。当我今年三十岁重新回到家乡时，我对它产生了质疑：这就是我朝思暮想的故乡吗？我不相信，因为在我的记忆当中，我的故乡分外美好，风景优美，邻里和睦，一切都很美好，哪怕是地上的泥土，在我眼中都是美的。但是现在，这个地方令我很陌生，比如门口的那条京杭大运河，在我印象中那是一条宽广、汹涌、很难抵达彼岸的一条河。但如今，我站在京杭大运河边上才发现河很窄，好像只需几步就能抵达对岸。

思乡题材的诗词很多，就从大家都熟悉的《静夜思》开始。唐诗中经常出现这样的现象，我称之为“熟悉的陌生人”，意思是说，一首诗哪怕你再熟悉，也总会有你不知道的陌生之处。比如“床前明月光，疑是地上霜，举头望明月，低头思故乡”，这是几乎所有中国人都会诵读的一首诗，但是可能很多人并没有真正理解，比如“床前明月光”中的“床”，并不是现在躺着睡觉的床。宋朝之前没有“床”的概念，对诗中“床”的解释有两种：一种是指小马扎，行军打仗时可以把小马扎放在马上骑着，下马的时候又可以将它放在地上，坐着临时休息；还有一种解释，是“井边的栏杆”。至于这里的“床”到底指代何物，学术界尚无统一的结论，但肯定不是我们现在的床。我更愿意把它理解为“井边的栏杆”，因为李白还写过另外一首诗《长干行》，诗中“郎骑竹马来，绕床弄青梅”是说小男孩和小女孩围着井边的栏杆玩耍，而不是绕着小马扎嬉戏。

如果把“床”理解为井边的栏杆，整首诗的意境就会发生变化。一个出门在外、久未回家的异乡人，因烦心事所扰，无法入眠，他坐在井边，一抬头望见了月亮。这样诗里的“井”也是重要的思乡元素。因为在古代，一口井可以养活一个村落，一口井就代表一个村庄，因此有“背井离乡”一词。而且古人相信水是相通的，凡有井水之处，家乡都相互贯通。“疑是地上霜”中的白霜，说明气候凛冽，如果他还在家里，他的母亲会给他添一件衣服，或者他的父亲会给他披上一件风衣，他的孩子会叮嘱他赶快回屋，但此时此刻，他孤身一人坐在陌生的井边。抬头望月，发现越看越亮，越看越想念自己的家乡，浓浓的乡愁挥之不去，所以低下头，结果发现月亮倒映在与家乡相通的水井中，故乡再次浮现在眼前。

不少人会忽略习以为常的字眼，但很多诗的核心魅力就在这小小的细节当中。诗中描述的乡愁在唐朝时期格外明显，因为唐朝时期的很多诗人（包括李白、王维、杜甫等）都经历过安史之乱。很多诗人因为战乱而被迫背井离乡，无法回到故土，因而格外思乡。

唐代诗人张继唯一存世的一首诗《枫桥夜泊》极为经典。他仅用二十八个字就被后人铭记，诗艺超绝：

月落乌啼霜满天，江枫渔火对愁眠。
姑苏城外寒山寺，夜半钟声到客船。

可以说，这首诗是一千多年以来，思乡主题的诗歌中情感最为细腻的一首诗，并且已经上升至美学层面。这首诗影响深远，不仅在中国，在整个东南亚地区都非常有名。《枫桥夜泊》曾经被写进日本的教科书里，日本人甚至在 座城中仿建了寒山寺，并且将《枫桥夜泊》刻在碑上。苏州的寒山寺里有一块碑就名为“枫桥夜泊碑”，此碑是由清代大诗人兼大书法家俞樾书写，因为《枫桥夜泊》一诗广为流传，此碑就有了自己的传奇故事。

1937 年，日军攻陷南京，日本侵华头目松井石根特意去寒山寺与“枫桥夜泊碑”合照，并将照片寄给日本政府，日本人看后

立起贪心，想将石碑占为己有，但碍于颜面不能明抢，于是筹划如下：借举办博览会的机会，将寒山寺石碑运往日本，博览会结束后，再归还一个假的石碑。寒山寺的静如法师一眼看穿了日本人的计谋，连忙带着金条找到当时的碑刻能手钱荣初，想让他刻一块假石碑，提前替换真石碑，让日本人带走假石碑参展。钱荣初知晓静如法师的来意后，分文未取，日夜不停地刻出了一块一模一样的石碑，并连夜替换真石碑。松井石根运走假石碑，先放在已被占领的南京总统府，不料消息走漏。一个汉奸将事情的来龙去脉告知日本人，日本人大怒，将假石碑丢在南京总统府，前去寒山寺逼迫老方丈第二天必须交出真石碑，不然放火烧了整座寺庙。第二天，就在大家一筹莫展的时候，出现了一个骇人听闻的消息：镌刻假碑的钱荣初在寺庙的门口突然吐血身亡。该事件发生后，日本人打消了夺取石碑的念头。原来这块“枫桥夜泊碑”在历史上有一个诅咒的传说，据说当年唐武宗酷爱张继的《枫桥夜泊》，临死前命人镌刻了一块石碑，并下令后世不得翻刻此碑，

［宋］夏森　烟江帆影图

亵渎翻刻此碑者必遭天谴。历史上也有数人复刻此石碑，皆遭毒咒身亡，再加上死在眼前的钱荣初，日本人对诅咒之说信以为真，要碑之事不了了之。“枫桥夜泊碑”因此被完好地保留在了寒山寺，至今去寒山寺参观“枫桥夜泊碑”的人络绎不绝。

事情至此尚未结束，后来我们得知，死在门口的并不是钱荣初，而是和他长相酷似的远房表侄钱达飞。钱达飞曾在日本留学，深知日本人的脾气、秉性，知晓日本人信诅咒、鬼神之说，所以他欺骗钱荣初，说自己重病在身，命不久矣，倒不如用自己的死来捍卫国宝——石碑，让自己死得其所。钱荣初这才忍痛答应，钱达飞死后，钱荣初隐姓埋名、流落江湖，在战争结束之后被人识出，他才讲述出整个故事的真相。当大家知道了这个故事之后，再来读这首张继的《枫桥夜泊》，以及其他的唐诗、宋词、元曲，想必大家会有不同的感受。

［宋］马远　举杯玩月图

床前明月光，
疑是地上霜。
举头望明月，
低头思故乡。

静夜思

[唐] 李白

此诗广为流传，是李白的代表作之一。全诗先写诗人客居他乡，夜深难寐，看见皎洁的月光照射在井栏边，误以为是满地的秋霜；随后，通过“举头”与“低头”的动作，将所见所想描写出来。月是故乡明，心是故乡情。诗人漂泊他乡，抬头看见明亮的月亮，心中不免思念起故乡与亲人。全诗语言浅显易懂，直抒胸臆，情真意切，韵味无穷。

〔宋〕佚名　松月图

独在异乡为异客，
每逢佳节倍思亲。
遥知兄弟登高处，
遍插茱萸少一人。

九月九日忆山东兄弟

［唐］王维

这首王维少年时期创作的抒情小诗，写出了游子的思乡怀亲之情。诗的一开头便紧扣题目，写诗人年少离家，在异乡生活的孤独凄然，也因而时时怀乡思人，遇到佳节良辰，思念倍加。接着，诗中不写诗人自己而是写远在家乡的兄弟。诗人想象着按照重阳节的风俗，家人们登高望远时，应该也像自己思念家乡亲人一样，在思念自己。全诗诗意含蓄深沉，既朴素自然，又曲折有致，其中“每逢佳节倍思亲”一句更是广为流传。

［宋］马麟　楼台夜月图

月　夜

[唐]杜甫

今夜鄜州月，闺中只独看。
遥怜小儿女，未解忆长安。
香雾云鬟湿，清辉玉臂寒。
何时倚虚幌，双照泪痕干。

本诗是一首五言律诗，是诗人被禁于长安时望月思家之作。此诗借助想象力，抒写妻子对自己的思念，也写出自己对妻子的情思。首联想象妻子在鄜州望月思念自己，说透诗人在长安的思亲心情；颔联说儿女随母望月而不理解其母的思念亲人之情，表现诗人想念儿女、体贴妻子之情；颈联写想象中的妻子望月长思，充满悲伤的情绪；尾联寄托希望，以将来相聚共同望月，反衬今日相思之苦。全诗构思新奇，章法紧密，明白如话，情真意切，深婉动人。

［明］佚名　春江行舟图

客路青山外，行舟绿水前。
潮平两岸阔，风正一帆悬。
海日生残夜，江春入旧年。
乡书何处达？归雁洛阳边。

次北固山下

[唐]王湾

本诗以准确精练的语言描写了冬末春初，诗人在北固山下停泊时所见到的青山绿水、潮平岸阔的壮丽之景，抒发了诗人深深的思乡之情。诗的开头以对偶句发端，写神驰故里的漂泊羁旅之情怀；次联写“潮平”“风正”的江上行船之景，场面恢宏阔大；三联写拂晓行船的情景，且隐含哲理，积极向上；尾联见雁思亲，与首联呼应。全诗文笔自然，写景鲜明，情感真切，情景交融，风格壮美，极富韵致，流传甚广。

［元］佚名 月下行旅图

游子吟

[唐] 孟郊

慈母手中线，
游子身上衣。
临行密密缝，
意恐迟迟归。
谁言寸草心，
报得三春晖。

本诗是一首关于母爱的颂歌。全诗共六句、三十字，采用白描的手法，通过回忆一个看似平常的临行前母亲为游子缝衣的场景，歌颂了母爱的伟大与无私，表达了诗人对母亲深深的爱戴与尊敬之情。诗人在宦途失意的境况下，饱尝世态炎凉后，更加觉得亲情之可贵。全诗情感真挚自然，诗句无藻饰与雕砌，清新流畅，淳朴素淡的语言中蕴含着浓郁醇美的诗味，千百年来广为传诵。

［近现代］傅抱石　月落乌啼霜满天图（局部）

枫桥夜泊

[唐]张继

月落乌啼霜满天，
江枫渔火对愁眠。
姑苏城外寒山寺，
夜半钟声到客船。

本诗是唐朝安史之乱后，诗人张继羁旅途中经过寒山寺时所写。全诗句句形象鲜明、可感可画，句与句之间逻辑关系清晰合理，内容晓畅易解。全诗精确而细腻地描述了一个乘船夜泊者对江南深秋夜景的观察和感受，描写了月落乌啼、霜天寒夜、江枫渔火、孤舟客子等景象，有景、有情、有声、有色，将诗人的羁旅之思、家国之忧，以及身处乱世尚无归宿的愁思充分地表现了出来。

［宋］赵令穰 舟月图（局部）

细草微风岸，危樯独夜舟。
星垂平野阔，月涌大江流。
名岂文章著，官应老病休。
飘飘何所似，天地一沙鸥。

旅夜书怀

[唐] 杜甫

这是一首五言律诗。诗题即是对本诗的高度概括，诗的前两联写诗人旅夜所见之景，后两联重在写诗人暮年漂泊的凄苦景况。首联先写江夜近景，夜里的微风吹拂着岸边青草，小舟停在江边。漫天的星辰仿佛低垂在广袤的平野上，皎洁的月亮照映着奔腾不息的长江。此番广阔奔腾的宏大景象衬托出诗人心中的无限哀凉与孤苦。诗人的仕途抱负远大，可惜郁郁不得志，心中的苦闷无处宣泄，只留下声声感叹。他以沙鸥自比，年衰多病、漂泊无依的形象跃然纸上。

昔闻洞庭水，今上岳阳楼。
吴楚东南坼，乾坤日夜浮。
亲朋无一字，老病有孤舟。
戎马关山北，凭轩涕泗流。

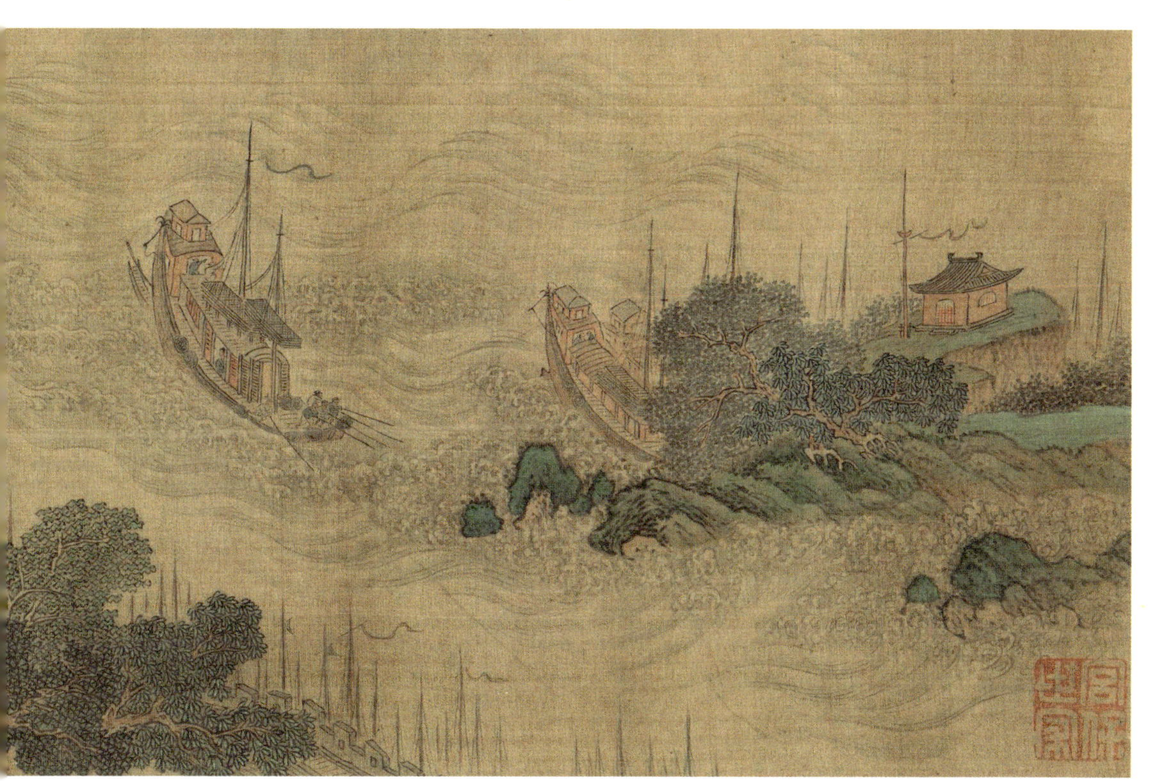

［宋］郭忠恕 岳阳楼图（局部）

登岳阳楼

［唐］杜甫

本诗是杜甫即景抒情之作。诗的前两联交代登楼缘由，绘制宏阔壮观的图景，写登岳阳楼所见，用凝练的语言，将洞庭湖水势浩瀚的磅礴气势和宏伟壮丽的形象真实地描写出来。颈联表现诗人政治生活坎坷，漂泊天涯、怀才不遇的心境。尾联抒写出诗人看着家国离散而又无可奈何，空有一腔热忱却报国无门的凄凉伤感之情。这首诗意蕴丰厚，抒情虽低沉抑郁，却吞吐自然，显得雄浑大气、气度超然。

〔明〕吴伟　灞桥风雪图

枯藤老树昏鸦，
小桥流水人家，
古道西风瘦马。
夕阳西下，
断肠人在天涯。

天净沙·秋思

[元] 马致远

这首小令一共只有五句、二十八个字，全曲无一个“秋”字，却描绘出一幅凄凉动人的“秋郊夕照图”，准确地传达出旅人凄苦的心境。全曲运用“意象并列”“寓情于景”等手法把抽象的凄苦愁楚之情表现得淋漓尽致，让飘零天涯的游子骑一匹瘦马，出现在一派凄凉的背景上，从中透露出令人哀愁的情调，抒发了一个游子在秋天思念故乡、倦于漂泊的凄苦愁楚之情。全曲语言极为凝练却容量巨大，结构精巧，顿挫有致，意蕴深远，被后人誉为“秋思之祖”。

[清] 董邦达 平湖秋月图

金陵津渡小山楼，
一宿行人自可愁。
潮落夜江斜月里，
两三星火是瓜洲。

题金陵渡

[唐]张祜

本诗是唐代诗人张祜作的一首客愁杰作。此诗前两句交代诗人夜宿的地点，点出诗人的心情；后两句实写长江金陵渡口美好的夜景，借此衬托出诗人孤独落寞的羁旅情怀。全诗紧扣“江”“月”“灯火”等景色，语言朴素自然，把美妙如画的江上夜景描写得宁静凄迷、淡雅清新，并以一个“愁”字贯穿全篇，诗旨甚明，神韵悠远。可以想见，诗人夜宿镇江渡口时，面对长江夜景，那两三星火与斜月、夜江明暗相映衬，融为一体，如一幅淡墨山水画，寂寞凄凉之感不言而喻。

朝回中使傳宣命
父子同班侍宴榮
酒捧倪觴祈景福
樂聞漢殿動驩聲
寶瓶梅蕊千枝綻
玉柵華燈萬盞明
人道催詩須待雨
片雲閣雨果詩成

［宋］马远　华灯侍宴图（局部）

故国三千里，
深宫二十年。
一声何满子，
双泪落君前。

宫词二首·其一

[唐]张祜

这是一首短小的宫怨诗。开头两句写宫女入宫多年，离家遥远的伤感之情；后两句写宫女悲愤到达极点，于君前落泪以示抗议。有别于一般的宫怨诗多写宫女失宠、不得幸之苦楚，本诗一反其俗，写宫女在君前挥泪并表达怨恨之情，将一个长久被剥夺幸福与自由的女性的本来面目展现出来，甚是独到。全诗只用了“落”字一个动词，其他全部以名词组成，因而显得简括凝练、强烈有力，又在每句中嵌入数字，把整个事件表达得清晰而明确。

［宋］顾亮　月下渔舍图（局部）

落帆逗淮镇，停舫临孤驿。
浩浩风起波，冥冥日沉夕。
人归山郭暗，雁下芦洲白。
独夜忆秦关，听钟未眠客。

夕次盱眙县

[唐] 韦应物

本诗是诗人出任滁州刺史途中，在一个傍晚停泊于盱眙县时所写的。诗的前四句交代客居原因。诗人停船靠岸，独自休憩在驿站之中。晚风浩荡，吹起一阵阵风波。夕阳西下，天色渐暗。诗的后四句承接上半部分，寓情于景。先写人们已然归家，山村之景渐渐昏暗，归来的雁群也在芦苇丛中休息，只有诗人孤身一人，听着耳畔的钟声难以入眠，思念着家乡和亲人。情由景生，令人动容。全诗语言富有生活气息，娓娓道来，却又隐含淡淡乡愁，将苍茫凄清的夜和羁旅漂泊的乡思融合起来，动人心弦。

旅馆无良伴，凝情自悄然。
寒灯思旧事，断雁警愁眠。
远梦归侵晓，家书到隔年。
沧江好烟月，门系钓鱼船。

旅 宿

[唐] 杜牧

[清] 钱杜 梅月知心室图（局部）

这首诗主要抒写了诗人羁旅途中的萧索凄凉和对家乡深切的思念之情。首联破题，点明境况，直言自己在旅途中独宿的黯然神伤，满是羁旅思乡之情；颔联融情于景，与寒夜孤灯陪容，思念故乡，回忆旧年往事，而失群孤雁的鸣叫使羁旅之人深愁难眠；颈联言及乡土的迢递，表现满怀的忧愁离恨；尾联用清丽明快的色调“绘”出家乡的美好风光，似是从乡愁中跳出，实则描写了可望而不可即的梦想，忧愁更加深长。全诗写得情感至深，含蓄蕴藉，真切动人，委实凄绝。

［清］董邦达　芦汀泛月图

望月怀远

[唐] 张九龄

海上生明月，天涯共此时。
情人怨遥夜，竟夕起相思。
灭烛怜光满，披衣觉露滋。
不堪盈手赠，还寝梦佳期。

此诗是一首月夜怀念亲人的诗，是诗人在离乡时，“望月”思念远方亲人而写的。开头紧扣题目，首联写“望月”，意境雄浑阔大，是千古佳句；次句写“怀远”，由景入情，具有一种升华浑融的气象；接着，直抒对远方亲人的思念之情，并进一步具体描绘彻夜难眠的情境；结尾两句层层递进，抒写了对远方亲人的一片深情。全诗语言自然浑成而不露痕迹，情意缠绵而不见感伤，意境幽静秀丽，构思巧妙，情景交融，细腻入微，感人至深。

〔明〕唐寅 函关雪霁图

明月出天山，苍茫云海间。
长风几万里，吹度玉门关。
汉下白登道，胡窥青海湾。
由来征战地，不见有人还。
戍客望边色，思归多苦颜。
高楼当此夜，叹息未应闲。

关山月

[唐]李白

本诗是李白借乐府旧题创作的一首五言律诗。全诗写远离家乡的戍边将士与家中亲人的相互思念之情，深刻地反映了战争给广大民众带来的痛苦。全诗分为三层，开头四句主要写包含天、山、月三种因素在内的苍茫的“边塞图景”，表现了出征人怀乡的情绪；中间四句具体写到了残酷的“战争景象”；后四句写出征人望边地而思念家乡，进而联想出征人的妻子应该是在月夜的高楼上思念丈夫，叹息不止。关山明月、沙场哀怨、戍客思归三部分组成了一幅“边塞长卷”，全诗以怨情贯穿，气象雄浑，风格自然。

［宋］马远　对月图

月下独酌四首·其一

[唐] 李白

花间一壶酒，独酌无相亲。
举杯邀明月，对影成三人。
月既不解饮，影徒随我身。
暂伴月将影，行乐须及春。
我歌月徘徊，我舞影零乱。
醒时同交欢，醉后各分散。
永结无情游，相期邈云汉。

此诗写诗人李白因政治失意而产生一种孤寂忧愁的心境。开篇，李白在花间独酌，孤寂失落；于是他突发奇想，把天边的明月和月光下他的影子“拉”了过来，连他自己在内，幻化成了三个举杯同酌的人，并真诚地和“月”“影”相约，要结伴交游。此诗初读令人惊艳，细细品味又对人生充满慨叹；看似奇趣横生，实则深沉曲折；难得之处在于，此诗在孤独凄清中辟出自得其乐的小天地，十分旷达。

［宋］佚名　古松楼阁图

红笺小字，
说尽平生意。
鸿雁在云鱼在水，
惆怅此情难寄。
斜阳独倚西楼，
遥山恰对帘钩。
人面不知何处，
绿波依旧东流。

清平乐·红笺小字

[宋]晏殊

本词为怀人之作。词的上阙写主人公以书信细诉衷肠，却无处可寄；下阙叙倚楼远望，只见青山绿波，不见所思之人。全词寄情于景，以淡景写浓愁，言青山长在、绿水长流，而自己爱恋着的人却不知去向；虽有天上的鸿雁和水中的游鱼，它们却不能为自己传递书信，因而惆怅万分。此词运用斜阳、遥山、红笺、帘钩等相关的传统文化意象和相关典故，营造出一个充满离愁别恨的意境，将词人心中蕴藏的情感波澜表现得细腻，感人肺腑。

［宋］佚名　柳塘泛月图

水调歌头

[宋]苏轼

丙辰中秋，
欢饮达旦，
大醉，
作此篇，
兼怀子由。

明月几时有？
把酒问青天。
不知天上宫阙，
今夕是何年。
我欲乘风归去，
又恐琼楼玉宇，
高处不胜寒。
起舞弄清影，
何似在人间。

转朱阁，
低绮户，
照无眠。
不应有恨，
何事长向别时圆？
人有悲欢离合，
月有阴晴圆缺，
此事古难全。
但愿人长久，
千里共婵娟。

这首词是苏轼的名篇之一，古往今来被传诵不歇。全词主题是中秋怀人。词人既写出了人与人之间的感情需要，又以宽广的胸怀表示人不可因离别而陷入愁思，而应当以乐观豁达的态度对待人生。词的上阙采用了浪漫主义的写作手法，面对一轮明月，作者用驰骋丰富的想象力，勾画出一个天上的世界；下阙佳句迭出，不仅揭示了万事万物的必然规律，还将词人热爱生活，热爱生命，希望天下所有的人都能互敬互爱，共享一轮皎洁明月的愿望展露无遗。

[明] 王谔 江阁远眺图（局部）

渡远荆门外，来从楚国游。
山随平野尽，江入大荒流。
月下飞天镜，云生结海楼。
仍怜故乡水，万里送行舟。

渡荆门送别

［唐］李白

此诗是李白青年时期出蜀漫游，在途中创作的一首五言律诗。此诗开篇写远游点题，继而写他沿途的见闻和观感，最后以思念归结。全诗意境高远，风格雄健，景象雄浑壮阔，形象奇伟，想象瑰丽，表现了李白年少远游、倜傥不群的个性及浓浓的思乡之情。这首诗首尾行结，浑然一体，且能以小见大，以一当十，展现了长江中游数万里山势与水流的景色，具有高度集中的艺术概括力。

［明］佚名　月映松台图（局部）

碧云天，
黄叶地，
秋色连波，
波上寒烟翠。
山映斜阳天接水，
芳草无情，
更在斜阳外。

黯乡魂，
追旅思。
夜夜除非，
好梦留人睡。
明月楼高休独倚，
酒入愁肠，
化作相思泪。

苏幕遮·怀旧

[宋]范仲淹

这是一首描写羁旅乡愁的词，上阙重在写景，蓝天上，白云悠悠，大地上，黄叶纷飞，秋天的美景一直延续到江中的水波上，烟波浩渺、苍翠生姿。远处的群山映衬着斜阳，水天相接处是萋萋芳草，但小草不谙人情，只是一路延伸至夕阳外的天边。下阙重在抒情，每每思念起故乡，词人都黯然神伤，羁旅他乡、漂泊无依，如果是夜夜好梦，或许能够把心中的乡愁排遣一二。词人在明月夜独倚高楼，借酒消愁。全词语言绚丽多彩，“碧云”“黄叶”“寒波”“翠烟”等秋景，清远辽阔、气势宏大，词中之情深婉含蓄，如泣如诉，又不失清刚之气。无怪乎《西厢记》中的“碧云天，黄花地，西风紧，北雁南飞”引用了词中名句。

第四章

重逢

常言道，人生有四大喜事：久旱逢甘雨、他乡遇故知、洞房花烛夜、金榜题名时。“他乡遇故知”喜在“故”字，他了解你的过去，你也知道他的从前，这样的人是故人。之后我们遇到的每个人都是新人，新人之所以新，在于我们不愿告知自己的过往，我们不想重述人生。而故人的难得之处则是，你不用言说，他了解你的过去，了解你的出身，了解你的需求，所以，我们时常会说“关山难越，谁悲失路之人。萍水相逢，尽是他乡之客”。其实最难飞越的不是关山，而是人心。此时，你会发现，人生最美好的一种情感叫久别重逢。

我很喜欢晏殊的《浣溪沙》。诗中道，“一曲新词酒一杯”。有新就有旧，他填了一曲新词，喝了一杯新酒，却遇见了与去年一样的天气和旧亭台，时间和空间上都让自己回到了过往。我认为，最精彩的一句当数“无可奈何花落去，似曾相识燕归来”。哪怕我手上拿的是一杯新酒，填的是一曲新词，听的是一首新曲，但是我心心念念的，还是那挥之不去的故人。

［明］唐寅 金阊送别图（局部）

人生有种无奈，叫“流水落花春去”。你没法改变，就像有些人注定会离开，有些关系注定会结束，有些曾经在你生命中带来感动、给你能量的人，注定不再属于你，他只是你生命中的匆匆过客。我们面对这一切无能为力。但是人生迷人之处，乃是峰回路转，也许转瞬你又会遇到新人，他会成为新的故人，这就是所说的“似曾相识燕归来”，这也是生命中的惊喜。

有时，这个人你刚认识，刚接触一个下午或者几分钟，甚至几秒钟，又或仅仅是一个眼神、一个动作的交换，你就会产生熟悉感，这就是晏殊所说的“似曾相识”。可晏殊非常孤独，因为他接着写道，“小园香径独徘徊”。我们可以想象一幅画面：一位耄耋诗人在夕阳下，沿着小路徐徐前行，他期盼着遇见一只燕子，盼着它重新回到旧巢。

人到了三十岁之后，但凡遇到交心之人，一定要格外珍惜。依我之见，“久别重逢”的韵味在于“久”，时间会悄无声息地提醒你，你已经老了。这里的“久”不是一两天，而是十年、二十年，甚至更长，好比白居易在《琵琶行》中写道，他遇见了一位琵琶女，其样貌恍如初恋，于是，他听出了“未成曲调先有情”。他当时也有似曾相识之感，但后来觉得一切都不重要，“同是天涯沦落人，相逢何必曾相识”，此刻我们能够重新相逢，就已经很美好了。所以，人生中遇见的每一个人其实都是“久别重逢”。

杜甫的《江南逢李龟年》也是写重逢。李龟年是唐朝时期影响力极大的音乐家、歌唱家，他和杜甫都经历了安史之乱。杜甫在安史之乱中携带家人仓皇逃难，之后他看到了很多人间惨剧，所以，安史之乱后他写的诗也大多反映了人间疾苦。而李龟年就更凄惨了，整个国家都在战乱，玄宗皇帝都逃跑了，谁又会去关心一位歌唱艺术家的命运呢？后来，他生活窘迫，只好以卖唱为生。

“岐王宅里寻常见”中的“岐王”是当时的一位王爷，安史之乱前，杜甫、李龟年他们经常在岐王府内遇见。“崔九堂前几度闻”中的“崔”是姓氏，而且在当时是第一大姓，“崔九”指崔家排行老九之人，这种称呼人的方式在唐代非常普遍。这句话是说，我在崔家府邸的厅堂上经常听到你的歌声。无论岐王或崔九都是王公贵族，他们曾经都出入这种地方，生活逍遥自在。可后来，因安史之乱，他们遭遇了种种苦难。这样两位经历相似且被岁月风霜摧残打击的老人，佝偻着背重新相遇，必然百感交集。

此诗看似很美，实则写尽了悲凉，有一种“凄美”的境界。《道德经》中说“天下皆知美之为美，斯恶已”。美无固定的标准，若天下人都以一种美为标准，就会产生很多邪恶的东西。诗歌有几种不同层次的美：童年时，风花雪月多是“柔美”；壮游时，人生会感受到一种豪迈，这部分的诗歌是“壮美”；思乡时，诗歌多是“和美”；重逢时，多是“凄美”。

凄美的状态就是美好在眼前慢慢逝去，但是你无能为力，只能尽可能抓住瞬间，通过想象力和记忆存留更多美好的时刻、美好的人。所以，美是有层次的，绘画、音乐、诗歌都是相通的，美永远是有层次的，美不能停留在一个层次，尤其不能只停留在“春有百花秋有月，若无闲事挂心头，便是人间好时节”这样的层次，要层层递进，要让内心的情感变得越来越丰富。无论是柔美、壮美，还是凄美，每一种美都是人生美好且难得的体验。

［清］钱杜　虞山草堂步月诗意图（局部）

人生不相见，动如参与商。
今夕复何夕，共此灯烛光。
少壮能几时，鬓发各已苍。
访旧半为鬼，惊呼热中肠。
焉知二十载，重上君子堂。
昔别君未婚，儿女忽成行。
怡然敬父执，问我来何方。
问答未及已，驱儿罗酒浆。
夜雨剪春韭，新炊间黄粱。
主称会面难，一举累十觞。
十觞亦不醉，感子故意长。
明日隔山岳，世事两茫茫。

赠卫八处士

[唐]杜甫

本诗作于诗人被贬华州司功参军之后，主要写诗人偶遇少年知交的情景，抒写了人生聚散不定，故友相见，分外亲切。然而暂聚忽别，却又觉得世事渺茫，无限感慨。诗开头四句写久别重逢，从离别说到聚首，亦悲亦喜，悲喜交集；第五至八句，讲生离死别，透露了干戈离乱、命如草芥的现实；随后十四句写与卫八处士的重逢聚首以及主人及其家人的热情款待，表达诗人对生活中美好情谊的珍重；最后两句写重逢后又离别的伤悲，低回婉转，耐人寻味。

［清］张廷彦　登瀛洲图

江城如画里，山晚望晴空。
两水夹明镜，双桥落彩虹。
人烟寒橘柚，秋色老梧桐。
谁念北楼上，临风怀谢公。

秋登宣城谢朓北楼

[唐]李白

本诗前六句主要写景状物，描绘了登上谢朓楼所见到的美丽景色。首联从人处落笔，写登楼远眺，总览宣城风光；颔联具体写“江城如画”；颈联具体写傍晚秋色，山野炊烟，橘柚深碧，梧桐微黄；尾联点明怀念谢朓之题旨，与首联呼应，从登临到怀古，抒发了对先贤的追慕之情。全诗语言清新优美，格调淡雅脱俗，意境苍凉旷远。诗人的抑郁和感伤之情溢于言表，虽与前代诗人古今相隔，但其文化精神又遥遥相接，让人百感交集，值得细细体味。

［宋］玉涧　洞庭秋月图（局部）

天上浮云如白衣，斯须改变如苍狗。
古往今来共一时，人生万事无不有。
近者抉眼去其夫，河东女儿身姓柳。
丈夫正色动引经，酆城客子王季友。
群书万卷常暗诵，孝经一通看在手。
贫穷老瘦家卖屐，好事就之为携酒。
豫章太守高帝孙，引为宾客敬颇久。
闻道三年未曾语，小心恐惧闭其口。
太守得之更不疑，人生反覆看亦丑。
明月无瑕岂容易，紫气郁郁犹冲斗。
时危可仗真豪俊，二人得置君侧否。
太守顷者领山南，邦人思之比父母。
王生早曾拜颜色，高山之外皆培塿，
用为羲和天为成，用平水土地为厚。
王也论道阻江湖，李也丞疑旷前后。
死为星辰终不灭，致君尧舜焉肯朽。
吾辈碌碌饱饭行，风后力牧长回首。

可叹

[唐]杜甫

此诗是一首写人的叙事诗，诗中的主人公是和杜甫同时代的诗人王季友。王季友年轻时家贫无资，以卖草鞋为生，出身富庶的妻子柳氏嫌弃他，离家出走。但王季友在贫困孤苦中努力奋进，后来考上状元，离弃他的柳氏又回到他身边。诗人杜甫感叹其人生的跌宕起伏，写了此诗。开头两句常被简化为“白衣苍狗”，这两句诗看似是诗人直赋所见，其实也是其心中所感。浮云本如白衣，居然会转瞬变成苍狗，惊愕之余，杜甫忽然想到人生中的许多事情和眼前变幻的白云有惊人的相似之处，这也是一种顿悟的境界。

［清］唐岱　夏山高逸图

山光忽西落，池月渐东上。
散发乘夕凉，开轩卧闲敞。
荷风送香气，竹露滴清响。
欲取鸣琴弹，恨无知音赏。
感此怀故人，中宵劳梦想。

夏日南亭怀辛大

[唐] 孟浩然

题目中的“怀辛大”点明本诗为怀念友人之作。全诗开篇从夕阳西落、月上枝头说起，诗人沐后纳凉，十分惬意。荷花的香气，竹露的清幽都透露出悠然之情，这种静谧安闲、清雅幽寂的环境气氛，最适宜弹奏清雅的古琴。全诗从日落月升、开轩乘凉开始，以恨无知音、怀想友人结束，因景生情，达到浑然一体的境界。细细品读，不难发现本诗主要描绘了诗人在夏天的夜晚悠然纳凉的所见所感，在这样的情境中油然而生怀友之情。皮日休说孟浩然“遇景入咏，不拘奇抉异”，甚以为然。

［明］文徵明　临溪幽赏图（局部）

一路经行处，莓苔见履痕。
白云依静渚，春草闭闲门。
过雨看松色，随山到水源。
溪花与禅意，相对亦忘言。

寻南溪常山道人隐居

[唐] 刘长卿

本诗写诗人寻隐者不遇，却得到了别样的情趣，领悟到“禅意”之妙处。全诗围绕着题目的“寻”字展开。开篇便是诗人在人迹罕至的清幽山径中寻找常山道人。颔联写出顺其路而始入其居住之所，然而寻而不遇。后四句写一路寻访之景，娓娓道来。尾联富有禅意，写诗人看见了“溪花”，却浮起“禅意”，从幽溪深涧的陶冶中得到超悟，从摇曳的野花中领略到恬静的情趣，融化于心灵深处的是一种体察宁静、荡涤心胸的喜悦，自在恬然的心境与清幽静谧的物象交融为一体。

［清］佚名　塔寺山色（局部）

苍苍竹林寺，
杳杳钟声晚。
荷笠带斜阳，
青山独归远。

送灵澈上人

[唐] 刘长卿

本诗为刘长卿山水诗的代表作，更是唐代山水诗中的名篇。本诗写诗人在傍晚送灵澈返竹林寺时的心情。全诗即景抒情，构思精致，语言精练，素朴秀美。前两句写“苍苍竹林”与“杳杳钟声”，视觉与听觉的转换中，既点明此时已经是黄昏时分，暮色渐浓，又似以钟声催促灵澈归山。后两句即写灵澈辞别归去的情景，灵澈戴着斗笠，披着夕阳余晖，独自归远。全诗表达了诗人和灵澈深挚的友谊，也表现出灵澈归山时清寂的风度。

〔近现代〕傅抱石　杜甫诗意图（局部）

绿竹半含箨，新梢才出墙。
色侵书帙晚，阴过酒樽凉。
雨洗娟娟净，风吹细细香。
但令无剪伐，会见拂云长。

严郑公宅同咏竹

[唐] 杜甫

本诗是五言律诗。全诗以“竹”为吟咏对象，托物言志，耐人寻味。诗的首联说明诗人对新竹的赞咏，中间四句着重写了新竹的“色”和“香”，尾联表达希望对新竹“勿剪勿伐”，可以长达云霄。全诗以动衬静，结合诗人实际情况用发展、变化的眼光写竹，描述了竹不同生长期的特征，显现出不同环境中竹的风韵，这也正是杜甫借咏竹寓自己的才德，希望自己能够大展抱负。

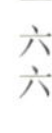

岐王宅里寻常见，
崔九堂前几度闻。
正是江南好风景，
落花时节又逢君。

[明]杜琼　友松图（局部）

江南逢李龟年

[唐]杜甫

本诗是诗人感伤世态炎凉的作品，全诗抚今思昔，感慨万千。李龟年是唐玄宗时期的音乐家，常在贵族豪门歌唱。杜甫少年时才华卓著，常出入于岐王李隆范和中书监崔涤的门庭，得以欣赏李龟年的歌唱艺术。诗的前两句是追忆昔日与李龟年的接触，寄寓着诗人对开元盛世的眷怀之情；后两句是对安史之乱后国事凋零、自己颠沛流离的感慨。全诗语言平易，而意含深远，包含着丰富的社会生活内容，表达了世事无常丧乱与人生凄凉飘零之感。

[清] 袁江　醉归图

饮中八仙歌

［唐］杜甫

知章骑马似乘船，
眼花落井水底眠。
汝阳三斗始朝天，
道逢麴车口流涎，
恨不移封向酒泉。
左相日兴费万钱，
饮如长鲸吸百川，
衔杯乐圣称避贤。
宗之潇洒美少年，
举觞白眼望青天，
皎如玉树临风前。
苏晋长斋绣佛前，
醉中往往爱逃禅。
李白一斗诗百篇，
长安市上酒家眠，
天子呼来不上船，
自称臣是酒中仙。
张旭三杯草圣传，
脱帽露顶王公前，
挥毫落纸如云烟。
焦遂五斗方卓然，
高谈雄辩惊四筵。

《新唐书·李白传》记载：李白与贺知章、李适之、李琎、崔宗之、苏晋、张旭、焦遂八人俱善饮，称为“酒中八仙人”，且他们都曾在长安生活过，都具有豪放、旷达的性格，本诗就是根据这八人描绘的一幅“肖像”画。全诗情调诙谐，色彩明丽，用追叙的方式、洗练的语言、人物速写的笔法，将八个人物主次分明地描绘出来，各个人物的性格特点，彼此衬托映照，别开生面。诗人写八人醉酒时的情态各有特点，写他们的平生醉趣各有侧重，充分表现了他们对酒的喜爱、狂放不羁的性格，生动地再现了盛唐文人士大夫乐观旷达的精神风貌。

［明］仇英　渔笛图

痴儿了却公家事，快阁东西倚晚晴。
落木千山天远大，澄江一道月分明。
朱弦已为佳人绝，青眼聊因美酒横。
万里归船弄长笛，此心吾与白鸥盟。

登快阁

[宋] 黄庭坚

本诗作于诗人在太和(今江西省泰和县)令任上。诗人有志难展，于是产生孤独寂寞之感。因此诗写在开朗空阔的背景下忘怀得失的“快”意，终因知音难觅而产生烦忧思绪。全诗先叙事，再写景，结以弄笛盟鸥，余韵无穷，集中体现了诗人的审美趣味和艺术主张，是黄庭坚的代表作之一。

［宋］夏圭　松溪泛月图

陪侍郎叔游洞庭醉后三首

［唐］李白

今日竹林宴，
我家贤侍郎。
三杯容小阮，
醉后发清狂。

船上齐桡乐，
湖心泛月归。
白鸥闲不去，
争拂酒筵飞。

划却君山好，
平铺湘水流。
巴陵无限酒，
醉杀洞庭秋。

这是李白的一组纪游诗。第一首，李白与贤侍郎在“竹林宴”中共饮，酒过三巡，二人微醺，诗人借酒抒发胸中不快，排遣胸中苦闷；第二首，写的是众人在船上饮酒作乐的场景，月上中天，众人已然尽兴，泛舟而归，湖面上的白鸥悠闲自在地盘旋在船上；第三首，诗人满怀愤懑，他想削去君山，转而又写巴陵的美酒喝也喝不完，不如醉倒在秋日的洞庭湖边。这组诗想象奇特，环环相扣，不仅有诗人怀才不遇的愤懑，还表现出其豁达开朗的胸襟。

［宋］牟益　茸坡促织图

丙辰岁，与张功父会饮张达可之堂，闻屋壁间蟋蟀有声，功父约予同赋，以授歌者。功父先成，辞甚美。予裴回茉莉花间，仰见秋月，顿起幽思，寻亦得此。蟋蟀，中都呼为促织，善斗。好事者或以三二十万钱致一枚，镂象齿为楼观以贮之。

庾郎先自吟愁赋，凄凄更闻私语。
露湿铜铺，苔侵石井，都是曾听伊处。
哀音似诉。正思妇无眠，起寻机杼。
曲曲屏山，夜凉独自甚情绪。

西窗又吹暗雨。为谁频断续，相和砧杵。
候馆迎秋，离宫吊月，别有伤心无数。
豳诗漫与。笑篱落呼灯，世间儿女。
写入琴丝，一声声更苦。

齐天乐·蟋蟀

[宋]姜夔

这篇咏物词另辟蹊径，以蟋蟀悲鸣触发人间哀思，举凡骚人失意、思妇念远、迁客怀乡，乃至帝王蒙尘，如许憾恨，无不借秋虫宣发，看似是秋虫之鸣，实乃时代哀音。这首词看似咏物，实则抒情，且别开生面，用空间的不断转换和人事的广泛触发，层层推进，步步烘托，达到一种凄迷深远的艺术境界。

〔明〕沈士充　画郊园十二景册　浣香榭（局部）

一曲新词酒一杯，
去年天气旧亭台。
夕阳西下几时回？
无可奈何花落去，
似曾相识燕归来。
小园香径独徘徊。

浣溪沙·一曲新词酒一杯

［宋］晏殊

本词是晏殊最为脍炙人口的诗篇之一。此词虽含伤春惜时之意，却实为感慨抒怀之情，悼惜残春，感伤年华，又暗寓怀人之意。上阙连带古今，叠印时空，重在追昔；下阙巧借眼前景物，重在伤今。全词语言圆浑流利，通俗晓畅，清丽自然，意蕴深沉，启人神智，耐人寻味。词中对宇宙人生的深思，给人以哲理性的启迪和美的艺术享受，令人称道。

［宋］马远　月下把杯图（局部）

青天有月来几时？我今停杯一问之。
人攀明月不可得，月行却与人相随。
皎如飞镜临丹阙，绿烟灭尽清辉发。
但见宵从海上来，宁知晓向云间没。
白兔捣药秋复春，嫦娥孤栖与谁邻？
今人不见古时月，今月曾经照古人。
古人今人若流水，共看明月皆如此。
惟愿当歌对酒时，月光长照金樽里。

把酒问月·故人贾淳令予问之

［唐］李白

本诗写诗人端着酒杯向月亮发问，从饮酒问月开始，以邀月临酒结束，反映了人类对宇宙的困惑不解。诗人以纵横恣肆的笔触，从多个侧面、多个层次描摹了孤高的明月形象，通过海天景象的描绘以及对世事推移、人生短促的慨叹，展现了旷达博大的胸襟和飘逸潇洒的性格。全诗从酒写到月，从月归到酒；从空间感受写到时间感受。虽然意绪多端，随兴挥洒，但潜气内转，脉络贯通，极回环错综之致呈自然之妙。

〔清〕苏六朋　太白醉酒图（局部）

将进酒

[唐]李白

君不见黄河之水天上来，
奔流到海不复回。
君不见高堂明镜悲白发，
朝如青丝暮成雪。
人生得意须尽欢，
莫使金樽空对月。
天生我材必有用，
千金散尽还复来。
烹羊宰牛且为乐，
会须一饮三百杯。
岑夫子，丹丘生，
将进酒，杯莫停。
与君歌一曲，
请君为我倾耳听。
钟鼓馔玉不足贵，
但愿长醉不复醒。
古来圣贤皆寂寞，
惟有饮者留其名。
陈王昔时宴平乐，
斗酒十千恣欢谑。
主人何为言少钱，
径须沽取对君酌。
五花马，千金裘，
呼儿将出换美酒，
与尔同销万古愁。

本诗是诗人李白沿用乐府旧题创作的一首七言歌行。本诗写李白与好友岑勋在元丹丘的颍阳山居喝酒，豪饮高歌，借酒消愁，一吐心中块垒。诗中交织着失望与自信、悲愤与抗争，体现出诗人豪纵狂放的个性。全诗情感饱满，无论喜怒哀乐，其奔涌迸发均如江河流泻，不可遏止，且起伏跌宕，变化剧烈；在手法上多用夸张，笔墨酣畅，抒情有力；在结构上大开大合，张弛有度，既有治国齐家的理想，又有怀才不遇的苦闷，但他傲世的态度和豪放不羁的个性又使全诗悲而不伤，忧而不愁。

〔明〕刘世儒　月梅图（局部）

暗香·旧时月色

[宋]姜夔

辛亥之冬，余载雪诣石湖。止既月，授简索句，且征新声，作此两曲，石湖把玩不已，使工妓隶习之，音节谐婉，乃名之曰《暗香》《疏影》。

旧时月色，算几番照我，梅边吹笛？
唤起玉人，不管清寒与攀摘。
何逊而今渐老，都忘却春风词笔。
但怪得竹外疏花，香冷入瑶席。
江国，正寂寂。
叹寄与路遥，夜雪初积。
翠尊易泣。红萼无言耿相忆。
长记曾携手处，千树压、西湖寒碧。
又片片、吹尽也，几时见得。

这首词创作于南宋光宗绍熙二年（1191 年）。这年冬天，词人冒雪于石湖拜访范成大，住了一个多月，作《暗香》《疏影》二曲咏梅，让人耳目一新，又深含忧国之思，寄托个人生活的不幸。本词不颂梅，同时又借梅喻人。起句写旧时豪情，以月色、梅花串联过去和现在，唤起与玉人月下摘梅的回忆；随即以“而今”转到当下，以“长记”二字追忆赏梅雅事，进而惋惜片片落梅，暗含故人不知何日重逢之意。全词不断在过去和现在之间往复摇曳，结构巧妙，意境清雅。

荒戍落黄叶，浩然离故关。
高风汉阳渡，初日郢门山。
江上几人在，天涯孤棹还。
何当重相见，樽酒慰离颜。

［明］沈周　京江送别图（局部）

送人东游

［唐］温庭筠

本诗是唐代文学家温庭筠的诗作。诗人在秋风中送别友人，倍感凄凉，对友人流露出关切之意，表现了两人深厚的友谊。其中，“浩然离故关”一句确定了诗的基调，由于离人意气昂扬，就使得黄叶飘零、天涯孤棹等景色显得悲凉而不低沉，而是慷慨动人。诗的最后一句透露出依依惜别的情怀，虽是在秋季送别，却无悲秋的凄楚。全诗意境雄浑壮阔，慷慨悲凉，格调不凡。

故人具鸡黍，邀我至田家。
绿树村边合，青山郭外斜。
开轩面场圃，把酒话桑麻。
待到重阳日，还来就菊花。

[明] 沈周　支硎遇友图（局部）

过故人庄

[唐] 孟浩然

这是一首田园诗，描绘了美丽的山村风光和平静的田园生活，也写了诗人与老友之间深厚的情谊，表达出诗人对田园生活的无限向往。全文十分押韵，用词平淡无奇，叙事自然流畅，诗人以亲切明净的语言，如话家常的形式，写了从前往拜访到告别离开的过程。其写田园景物清新恬静，写朋友情谊真挚深厚，写田家生活俭朴亲切，几乎没有渲染雕琢的痕迹，感情真挚，诗意醇厚，颇有“清水出芙蓉，天然去雕饰”的美学情趣，是自唐代以来田园诗中的佳作。

〔宋〕佚名　竹涧鸳鸯图

村行

[唐]杜牧

春半南阳西，柔桑过村坞。
娉娉垂柳风，点点回塘雨。
蓑唱牧牛儿，篱窥茜裙女。
半湿解征衫，主人馈鸡黍。

本诗是唐代诗人杜牧创作的一首五言律诗。首联叙写诗人途经南阳，颔联描述秀丽风光，颈联表现农村儿女生活，尾联感激主人热情招待。虽诗句浅显易懂，但洋溢着对农村风光的热爱和对农家真情的感激。这首小诗具有轻柔秀美的特点，所写的云光岚彩、柔柔垂柳、滴滴塘雨、秀眉牧童、茜裙少女，均具有柔和的特质，以及轻倩秀艳之美。这首诗语言轻快俊爽，意境优美。

〔宋〕佚名　柳阁风帆图

风吹柳花满店香，吴姬压酒劝客尝。
金陵子弟来相送，欲行不行各尽觞。
请君试问东流水，别意与之谁短长。

金陵酒肆留别

[唐]李白

本诗是诗人李白即将离开金陵东游扬州时留赠友人所写，篇幅虽短，却情意深长。此诗开篇写春季胜景，继而引出“满店香”，虽是离别场景却也其乐融融。随后写吴姬以酒酬客，表现吴地人民的豪爽好客。最后写觥筹交错中，主客相辞的动人场景，将流水般的离愁别绪呈现得热情洋溢，反映了李白与金陵友人深厚的友谊及其豪放的性格。诗句流畅明快，自然天成，清新俊逸，情韵悠长，兼用多种修辞手法，有强烈的感染力。

第五章

归途

“山花落尽山长在，山水空流山自闲”这句诗写得美极了，美得不像出自政治家之手。这句诗出自王安石的《游钟山》，王安石曾为宰相，变法失败之后，他住在南京紫金山下，现在的紫金山就在钟山下面，他很豪迈，扬言要买下一整座山来陪自己度过晚年，因此他说“买山终待老山间”。而苏轼在人生暮年说要买一块田，二人都给自己选好了归宿地。

在多数人旧有的观念中，王安石和苏轼是政敌，王安石主张变革新法，而苏轼是保守派，所以二人在朝堂上必定针锋相对。但是从本质上说，他们都是用自己的方式为国、为民做事。王安石退出朝堂，隐居南京，终老山间之后，苏轼路过南京特意拜访王安石，王安石也特意在江边等候他。二人见面后，王安石带苏轼登上南京的紫金山，写下《桂枝香·金陵怀古》一诗。首句为

［明］仇英 游骑图（局部）

“登临送目，正故国晚秋”，这里出现了故乡的概念，在古诗词中，“故国”就是“故乡”。王安石并不是南京人，他字介甫，是江西临川人，但是他在文化上认同南京，便把南京认作故乡。人的故乡，一是自己的出生地，二是在文化上认同的地方，可将其视为精神上的故乡。

“千古凭高对此，谩嗟荣辱”是说我王安石和你苏轼都是千古难遇的奇才人物，很多人夸赞我们，也有很多人谩骂我们，无论是誉是毁，都不重要，我们会像滔滔不尽的流水一般，奔涌向前，成为历史。那些荣辱，那些谩骂，都不值一提。“谩嗟荣辱”是王安石暮年的一种状态，两个针锋相对的政敌，在南京钟山之巅相逢一笑泯恩仇。苏轼和王安石表面上是政敌，但是苏轼每次被贬后，都有王安石这样的人在背后默默替他向太后求情，他才没有被杀头，而是遭流放，而且王安石毫无保留地向他分享自己的政治经验。后来王安石去世，苏轼甚至写诗致敬王安石。王安石说要买一座山养老，所以苏轼想模仿王安石，买一块田养老，这就是《菩萨蛮·买田阳羡吾将老》这首诗背后的故事。不过，最终他们都没有实现愿望便去世了。

陶渊明是解甲归田、隐居田园的一位代表诗人，但陶渊明过得也并不是那么美好。因为再美好的诗歌、再美好的关于远方的想象，都会被日常的庸俗和琐碎打破。就像陶渊明在《归园田居》中所写："种豆南山下，草盛豆苗稀。晨兴理荒秽，带月荷锄归。"辛苦地种着豆子，每天一大早出门，很晚才扛着锄头回家，但是草长得比豆苗还要茂盛，也就是说，种田只是一个美好的愿景。人至暮年，有人会效仿陶渊明，选择回到一个曾经相识的田园；也有人会像苏轼、王安石那样，想在山清水秀的地方买一栋房子，在他乡养老。但是人生有很多偶然，很多事情无法如愿，你可能因为各种原因没有买成房子，买了房子之后你也未必会葬在如你所愿的这个地方，所以，我们最后要探讨一下人生的归宿。

人生的归宿究竟在什么地方？要归向何处？回归不仅是回到一个客观存在的故乡，更多的是让自己的灵魂有归宿。诚如苏轼所言，“此心安处是吾乡”。能让你心安的地方，就是你的故乡。在有了这样的信念之后，无论你走到哪里，都不会有漂泊感，都不会迷惘。

故乡只不过是我们的祖先在漂泊过程中停留下来的一站。我出生在江苏淮安，我的家谱上却记载，我们家是在明朝嘉靖年间从苏州逃荒到淮安的。因此，我不是淮安本地人，而是苏州人，但是我的家谱只能追溯到明朝，如果继续向前追溯，我也不一定是苏州人。所以，大多数人纠结的地理故乡并不重要，我们只是刚好在那个地方出生罢了。只要内心能够安住，你就永远会淡定从容，你在异乡也会有一种归属感，也会有身处故乡的感觉，这才是我们品读诗歌的核心目的。

现代人所说的安全感大多来自财富、人脉、地位、影响力，这是底气，但是中国诗歌的脉络会告诉你，当你的内心构建了一座精神上的故乡，你就会有足够的安全感，这才是你最大的底气。每一个人都是你的亲人，每一个人都是你的老乡，每一个人都是久别重逢的好友，这个时候千山万水都会像故乡一样，希望每一位读者都能找到自己精神上的归处。

［明］王问　隐宝界山图（局部）

终日看山不厌山，
买山终待老山间。
山花落尽山长在，
山水空流山自闲。

游钟山

[宋] 王安石

本诗作于王安石晚年时期，表达了诗人对钟山的喜爱，钟山其实是诗人变法失败之后退居的理想之所，它恬淡自闲，长远亘久，这里可以安抚他失落的心灵，让他从中汲取勇气，继续人世间的苍茫行走。短短二十八个字，却重复了八个“山”，环环相扣。诗人在“山花落尽”中看到生命的短暂悲凉，又在“山长在”的永恒里获得生命的慰藉，最后有了“山水空流山自闲”的超然生死的恬淡豁达。诗文虽短，却给人无尽的启思。

［宋］夏圭　山居留客图（局部）

中岁颇好道，晚家南山陲。
兴来每独往，胜事空自知。
行到水穷处，坐看云起时。
偶然值林叟，谈笑无还期。

终南别业

[唐]王维

本诗描写了诗人退隐后自得其乐的闲适情趣，生动地刻画了一位豁达悠然的退隐者的形象。开篇先点明诗人隐居奉佛的人生归宿和思想皈依。继而写诗人山林生活的无比自在。然后写他在山间信步闲走，行至水穷，又坐看云起的无尽兴致。结句写诗人在山间偶然碰到了“林叟”，两人尽情谈笑，以至忘了时间，诗人淡逸的性情和超然物外的心态跃然纸上，与前面独赏山水时的洒脱自在浑然一体，使得全诗形成了一个完整的意境。这首诗平白如话，却极具功力，把闲适情趣写得有声有色。

积雨空林烟火迟，蒸藜炊黍饷东菑。
漠漠水田飞白鹭，阴阴夏木啭黄鹂。
山中习静观朝槿，松下清斋折露葵。
野老与人争席罢，海鸥何事更相疑。

积雨辋川庄作

[唐]王维

本诗用鲜丽清新的色彩，描绘出夏日久雨初停后关中平原上美丽繁忙的景象，以及诗人独居的感受。诗开始写雨后空林清新湿润，烟火迟迟，蒸藜炊黍，送饷农园，表现农家生活的安闲无扰。然后写诗人自己在山中修养心性，观看朝开夕落的槿花，参禅悟道，在松下持素斋而折秋葵为羹，人的恬淡与景物的清幽形成了微妙的和谐关系。但结联笔锋忽转，诗人又说朝官也往往对无机心者有猜疑。全诗写景生动真切，生活气息浓厚，意蕴深长。

[宋]赵伯驹　辋川别墅图（局部）

买田阳羡吾将老。
从来只为溪山好。
来往一虚舟。
聊随物外游。
有书仍懒著。
水调歌归去。
筋力不辞诗。
要须风雨时。

菩萨蛮·买田阳羡吾将老

[宋]苏轼

本诗是苏轼晚年时期创作的，展现了他对自然景色的热爱和对人生的思考。苏轼想买下一块田，这其实是他对宁静生活的向往。诗中的“虚舟”象征着诗人在社会中的安闲自在。他懒得著书，表达了他不重视功名利禄，更注重自己内心的宁静。最后一句则表明苏轼即便在逆境中也坚定自己的思想不动摇。整首诗以自然景色和宁静的心境为主题，描绘了诗人追求心灵自由和真实美好的态度，体现了苏轼独特的人生观和审美观。

[唐]李思训　耕渔图（局部）

［元］王蒙　花溪渔隐图之三

幽意无断绝，此去随所偶。
晚风吹行舟，花路入溪口。
际夜转西壑，隔山望南斗。
潭烟飞溶溶，林月低向后。
生事且弥漫，愿为持竿叟。

春泛若耶溪

[唐] 綦毋潜

本诗是诗人归隐之后所作。诗人在一个美好夜晚，泛舟若耶溪。诗的开篇便以“幽意”二字显露诗人此时幽居隐世、与世无争，他寻幽探胜，路上的景色令他赞叹不已。晚风吹动小舟，他一路沿着开满春花的河岸漂泊来到若耶溪溪口。漫天星光，忽而又转到西边的山壑；隔山遥望，他看到了天上的南斗星。潭底水雾朦胧，林中月亮仿佛往行舟的后方落下。世事纷繁复杂，还不如做一位隐居垂钓的老翁。全诗景色描写优美灵动，语言清秀隽永，表现出闲适悠然之意，且将隐逸之情展露无遗。

［清］吴谷祥　溪南访隐图（局部）

残阳西入崦，茅屋访孤僧。
落叶人何在，寒云路几层。
独敲初夜磬，闲倚一枝藤。
世界微尘里，吾宁爱与憎。

北青萝

[唐] 李商隐

本诗是一首五言律诗。首联写诗人寻访僧人之事。颔联写诗人寻访所经的路程和所见的景物。颈联写诗人黄昏时终于寻到僧人，以及僧人生活的简静。尾联写诗人获得了思想的启迪。全诗用“闲”字写出佛家对红尘物欲的否定，突显出诗人希望从佛教思想中得到解脱，将爱憎抛却，求得内心的宁静。最后写诗人访僧忽悟禅理之意，更衬出孤僧高洁的心灵。此诗所表达的是一种不畏艰辛、一心寻禅，以及用淡泊的态度面对仕途荣辱的愿望，既赞美了僧人清幽简静的生活，又表现出诗人对禅理的领悟。

［宋］佚名　秋浦停舟图（局部）

独游屡忘归，况此隐沦处。
濯发清泠泉，月明不能去。
更怜垂纶叟，静若沙上鹭。
一论白云心，千里沧洲趣。
芦中夜火尽，浦口秋山曙。
叹息分枝禽，何时更相遇。

蓝田溪与渔者宿

[唐] 钱起

本诗是一首以渔者为题材的诗作，表达了诗人向往隐居的情趣。诗的前六句写渔者的居住地。诗人游历在外，到了蓝田溪渔者的住处，觉得找到了自己追寻的理想之地。随后描写对蓝田溪的喜爱，层层推进，更加“忘归”，继而以水清可以濯发，月明使人留恋，进一步说明隐逸的美好。最后归结到愿和渔者同宿的期望上，写与渔者不忍分别之情。全诗谈隐居之道，遁世之乐，境合于心，构成了一幅世外桃源的美好图景。

［近现代］傅抱石　渔父图（局部）

一竿风月，
一蓑烟雨，
家在钓台西住。
卖鱼生怕近城门，
况肯到红尘深处。
潮生理棹，
潮平系缆，
潮落浩歌归去。
时人错把比严光，
我自是、无名渔父。

鹊桥仙·一竿风月

[宋]陆游

本词借一位弃绝红尘、隐居江湖、不求名利，唯日日捕鱼为生的渔父形象，来表达词人英雄末路，不得不退居江湖的感慨和无奈，这与一般的追求闲情逸致的隐士情怀有所不同。词首先描写的是渔父的生活环境。接下来写渔父虽以卖鱼为生，但他远离争利市场，卖鱼还生怕走近城门，更不肯在红尘深处追逐名利。他潮生时出去打鱼，潮平时系缆，潮落时归家，生活规律和自然规律相适应，无分外之求，不像世俗人那样沽名钓誉，利令智昏。

［明］沈士充　画郊园十二景册　扫花庵（局部）

烟霞春旦赏，松竹故年心。
断山疑画障，悬溜泻鸣琴。
草遍南亭合，花开北院深。
闲居饶酒赋，随兴欲抽簪。

郊园即事

[唐]王勃

本诗描写了诗人闲居郊外田园，诗酒自娱的生活，抒发了诗人退隐之情。烟霞、松竹、院舍、酒赋，勾勒出了一幅优美生动的田园隐士的生活图画。首联表明诗人的心迹，同时也为全诗奠定了基调——描写春天，吟咏春天。颔联描写春天的山景、山泉，用画障、鸣琴作比，处处充满艳丽的颜色、动听的音乐。虽然是侧面描写，但比正面描写更能激发想象力，更加让人兴趣盎然。颈联转入正面描写春天的花草。尾联写诗人游春后的感受。全诗通过描写迷人的满园春色，抒发了诗人想要弃官回归山园的愿望。

十年踪迹走红尘，回首青山入梦频。
紫陌纵荣争及睡，朱门虽贵不如贫。
愁闻剑戟扶危主，闷见笙歌聒醉人。
携取旧书归旧隐，野花啼鸟一般春。

归 隐

[宋] 陈抟

［明］钱穀 求志园图（局部）

诗人生于政权更迭不休之际，加之诗人曾应进士不第，幡然醒悟，决心弃名归隐。从诗中描绘的情景看，诗人是主动在动乱的社会现实中急流勇退的，所以他的诗情真语切，处处用对比手法突出归隐的乐趣。首联回顾总结十年寒窗苦读，为功名奔走的往事，痛下决心，归隐青山。颔联说蟒袍玉带、高官紫绶比不上仰卧山林，看高山流水。接着写高甲府第与蓬门茅屋的对比，富与贫的对比中，诗人取其后。他只求带上熟读多遍的旧书，到当年隐居的青山自得其乐。

［明］陆治　丹林翠嶂图（局部）

平岸小桥千嶂抱，
柔蓝一水萦花草。
茅屋数间窗窈窕。
尘不到，
时时自有春风扫。

午枕觉来闻语鸟，
欹眠似听朝鸡早。
忽忆故人今总老。
贪梦好，
茫然忘了邯郸道。

渔家傲·平岸小桥千嶂抱

[宋] 王安石

本词作于词人晚年隐居金陵（今江苏南京）期间。上阙写景，起首二句写山水之美，写得极为娟秀，后二句写屋子，以“窈窕”形容窗的幽深，反映出茅屋于“千嶂抱”的竹林里的深窈秀美，描绘了一幅清幽的隐居图景。下阙写在这片山水中的生活情趣和体验。这首山水词所表现的是一种恬静的美，词中反映出词人退出政治舞台后的生活情趣和心情：对仕途感到厌倦，而对大自然则无限向往，动辄借自然景物以抒发自己的幽怀。

［近现代］傅抱石　渊明沽酒图（局部）

结庐在人境，而无车马喧。
问君何能尔？心远地自偏。
采菊东篱下，悠然见南山。
山气日夕佳，飞鸟相与还。
此中有真意，欲辨已忘言。

饮酒二十首·其五

[东晋]陶渊明

本诗是陶渊明创作的组诗《饮酒二十首》中的第五首诗。全诗主要表现了诗人隐居生活的情趣，写诗人在劳动之余，酒醉之后，在晚霞的辉映之下，在山岚的笼罩之中，采菊东篱，遥望南山的场景。全诗情味隽永，感受和情理浑然一体，表现了诗人悠闲自得的心境和对宁静自由的田园生活的热爱，以及对黑暗官场的鄙弃和厌恶之情，也写出了诗人对大自然的欣赏和赞叹。

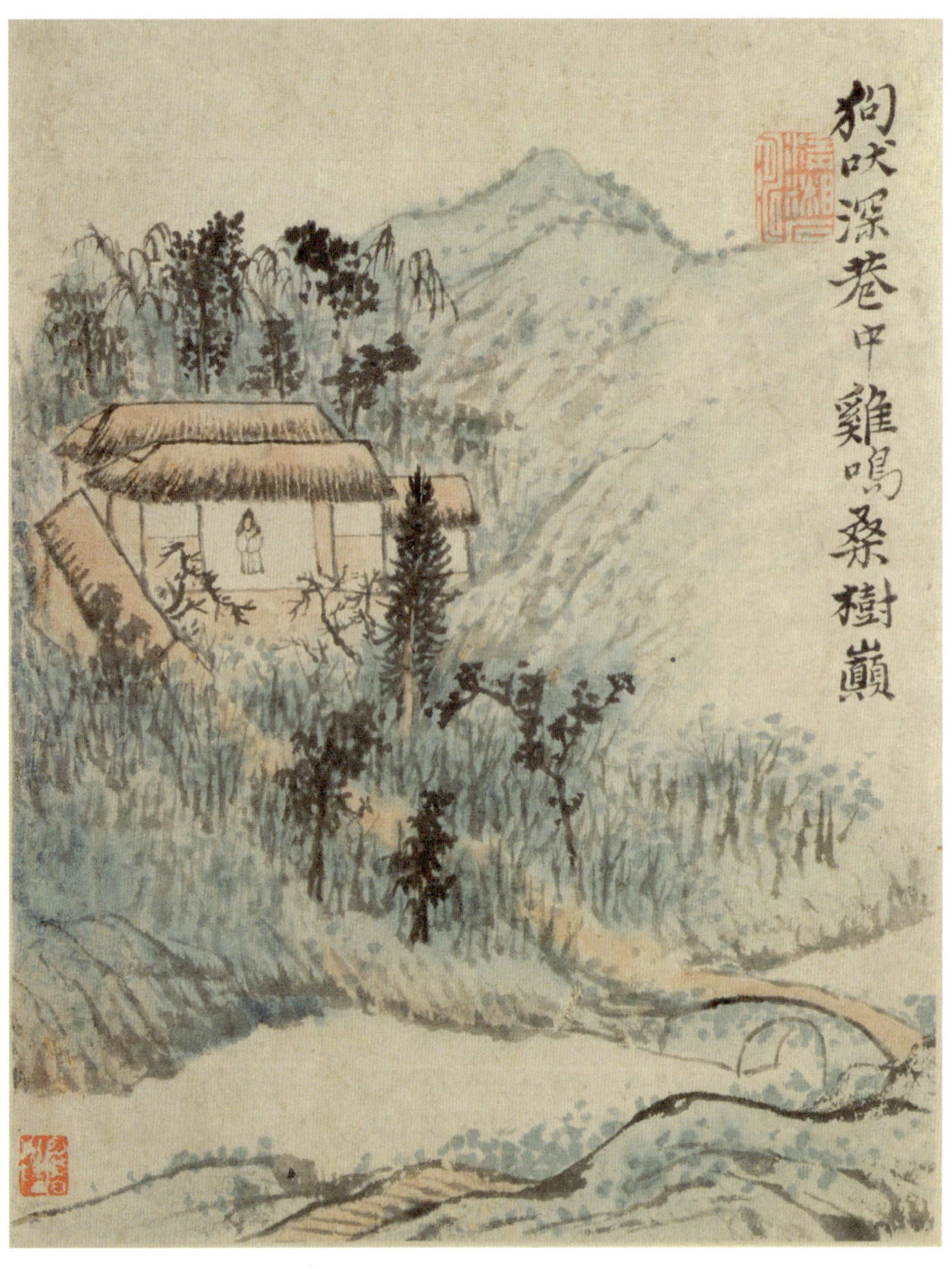

[清] 石涛　陶渊明诗意图册　狗吠深巷中，鸡鸣桑树颠

少无适俗韵，性本爱丘山。
误落尘网中，一去三十年。
羁鸟恋旧林，池鱼思故渊。
开荒南野际，守拙归园田。
方宅十余亩，草屋八九间。
榆柳荫后檐，桃李罗堂前。
暧暧远人村，依依墟里烟。
狗吠深巷中，鸡鸣桑树颠。
户庭无尘杂，虚室有余闲。
久在樊笼里，复得返自然。

归园田居五首·其一

[东晋] 陶渊明

《归园田居》是一组诗，共五首，本诗是其中的第一首。全诗主要描写了诗人归隐山林后悠闲自得的田园生活。全诗开篇描写了诗人认为自己不同于俗常，天性返璞归真、热爱自然，为全诗奠定了向往美好田园生活的整体基调；接着诗人又着重描写了自己身处尘世三十年中的不适，自觉像思念往日山林自由生活的笼中鸟，池子中眷念深渊的鱼；紧接着笔锋一转写回田园景色，重在描绘诗人归隐后的田园生活，茅屋房舍，榆柳树荫，鸡鸣狗吠，好不悠然闲适。如果从前的生活是“尘网”与“樊笼”，那如今自己重归自然，归隐后愉悦的心情溢于言表。全诗多用对偶，语言淳朴，意境浑然，将诗人对世俗官场的厌恶与对自然田园的热爱表露无遗。

［清］石涛　陶渊明诗意图册　带月荷锄归

种豆南山下，草盛豆苗稀。
晨兴理荒秽，带月荷锄归。
道狭草木长，夕露沾我衣。
衣沾不足惜，但使愿无违。

归园田居五首·其三

[东晋]陶渊明

这首诗为八句短章，开篇引用杨恽的“田彼南山，芜秽不治”，整体描绘了诗人归隐田园后的躬耕生活——早出晚归，忙于耕种。然而劳动的成果却难以令人满意，但他并不因此感到沮丧。相反，字里行间中却流露出对归隐生活的愉悦与享受之情。后四句抒情为主，田园生活并不一帆风顺，且是充满磨砺的，但诗人并不气馁。“不足惜”与“愿无违”等均表露出诗人归隐后对人生的持续思考与对“真善美”的不懈追求。全诗语言平白自然、不饰雕琢，但是情趣天成，是诗人对田园美好生活的真情流露。

［清］弘旿　菊硐霏甘图

慈溪归隐

[元] 丁鹤年

旧隐慈溪上，归休足自怡。
水翻琴上曲，山送画中诗。
丛菊秋容淡，孤松昼景迟。
依然对猿鹤，无愧北山移。

本诗是元末明初的诗人丁鹤年的一首五言律诗。诗的开篇写诗人归隐慈溪的怡然自得之情。接着写他隐逸的闲适生活，临水鼓琴，山中写诗，不一而足。接着以对“丛菊”“孤松”等典型景物的描写表达出诗人期待犹如陶渊明“采菊东篱”般的悠然心境。最后借用典故，表明自己作为真隐士的坚定决心。此诗语言简洁明了，写诗人归隐时抛却尘俗纷扰而豁达舒畅的心情，表现出诗人向往自然、追求自由平静的思想和境界。

吏舍跼终年，出郊旷清曙。
杨柳散和风，青山澹吾虑。
依丛适自憩，缘涧还复去。
微雨霭芳原，春鸠鸣何处。
乐幽心屡止，遵事迹犹遽。
终罢斯结庐，慕陶直可庶。

[明] 仇英 独乐园图（局部）

东 郊

[唐] 韦应物

这首诗主要是写诗人春日郊游的所见所闻。全诗开篇先写诗人久在官场、饱受束缚，于是外出郊游，看见郊外曙光清远，春景盎然，和风阵阵，杨柳依依，青山含翠，细雨微斜，处处生机勃勃，不觉心旷神怡。诗人想到自己拘于公务、身心俱疲，又看到此情此景，激发了心中对美好田园生活的无限向往，不禁产生了辞官归隐的想法。全诗对春景的描写清新自然，加之诗人晚年时对陶渊明的田园隐逸生活十分向往，诗中的“慕陶”便是有力的证明，全诗情感真挚，卓然自成。

［清］王翚　仿赵大年水村图（局部）

簌簌衣巾落枣花，
村南村北响缲车。
牛衣古柳卖黄瓜。

酒困路长惟欲睡，
日高人渴漫思茶。
敲门试问野人家。

浣溪沙·簌簌衣巾落枣花

[宋] 苏轼

本词是苏轼四十三岁在徐州任太守时所作。本词从农村常见的典型事物入手，意趣盎然地表现了淳厚的乡村风味，清新朴实，生动真切，栩栩传神。本词上阕写景，下阕抒情，有景有人，有形有声有色，乡土气息浓郁。日高、路长、酒困、人渴，字面上表现旅途的劳累，但传达出的仍是欢畅喜悦之情，也传达出了词人体恤民情的精神风貌。全词既描画了初夏乡间生活的逼真画面，又记下了词人路途的经历和感受，为宋词的社会内容开辟了新天地。

［清］黄鼎　秋日山居图

红叶满寒溪，
一路空山万木齐。
试上小楼极目望，高低。
一片烟笼十里陂。
吠犬杂鸣鸡，
灯火荧荧归路迷。
乍逐横山时近远，东西。
家在寒林独掩扉。

南乡子·秋暮村居

[清] 纳兰性德

本词描绘了秋天傍晚恬淡的田园风光。词人的视线由远及近，先写小溪间飘落的枫叶，空山之中树木十分葱郁、茂盛，这是词人前往村庄路上所见之景；接着，词人登上小楼，极目远眺连绵的山峦，烟雾迷蒙中是数十里的湖泊池塘；狗吠鸡鸣，灯火闪烁，山高路远，词人一时找不到回去的路；最终，词人看到了孤单的掩着门的小屋在山林深处。全词层次分明，动静结合，幽静恬淡间洋溢着词人沉醉于村居生活的欣喜之情。“一片烟笼十里陂”更是点睛之笔，俊逸浩渺，荡气回肠。

［明］李在　山庄高逸图

山居秋暝

［唐］王维

空山新雨后，天气晚来秋。
明月松间照，清泉石上流。
竹喧归浣女，莲动下渔舟。
随意春芳歇，王孙自可留。

本诗描绘了辋川山庄秋日傍晚恬静清丽的景色，充满了诗情画意，寄托着诗人陶醉于山林生活的闲情逸致。首联青山空翠，秋雨初霁，起句高洁，引领全篇。中间两联写景，松间明月，石上清泉，幽静自然；竹喧、莲动、归浣女、下渔舟，动静结合，淳朴天然。尾联由景及情，直达内心，寄寓了诗人远离仕宦和市井的情怀。全诗看似平淡，然而动静相映，声色交辉，通过对山水田园的描绘寄慨言志，含蕴丰富，耐人寻味。

［清］罗聘　筱园饮酒图（局部）

常羡人间琢玉郎，
天应乞与点酥娘。
尽道清歌传皓齿，
风起，雪飞炎海变清凉。
万里归来颜愈少，
微笑，笑时犹带岭梅香。
试问岭南应不好，
却道：此心安处是吾乡。

定风波·南海归赠王定国侍人寓娘

[宋] 苏轼

这首词不仅刻画了歌女的姿容和才艺，而且歌颂了她的情操与人品。上阕点写歌女的外在美，不仅赞美她高超的歌技，更赞颂她广博的胸襟，给人旷远清丽的美感。下阕写歌女北归，意在刻画其内在美。最后写词人与歌女的问答，答语“此心安处是吾乡”，铿锵有力，警策隽永，有着词人的个性特征。整首词简练传神，通过赞美歌女身处逆境却安之若素的高贵品质，抒发了苏轼在政治逆境中随遇而安的旷达襟怀。

作者简介

赵　健

读书博主，何物出版创始人，清华大学首届新媒体研修班成员，中国中央电视台节目《开讲啦》特邀嘉宾，江苏省广播电视总台节目《一站到底》常驻嘉宾，湖北省广播电视台卫星频道节目《奇妙的汉字》全国总冠军，《人民日报》推介读书博主，南京市青年联合会委员，“南京青年五四奖章”获得者，曾获得“联合国开发计划署年度特别奖”。深度阅读，只读好书，只想把读书这件美好的事情坚持下去。书相遇，人相逢。

图书在版编目（CIP）数据

沿着古诗词壮游中国 / 赵健编著. -- 北京 : 北京美术摄影出版社, 2024. 6
ISBN 978-7-5592-0657-2

Ⅰ. ①沿… Ⅱ. ①赵… Ⅲ. ①古典诗歌—诗集—中国 Ⅳ. ①I222

中国国家版本馆CIP数据核字（2024）第077895号

项目策划: 李　鑫
项目统筹: 郭　灿
责任编辑: 田　喃
执行编辑: 章肃霜
责任印制: 彭军芳
封面设计: 宋红梅
内文设计: 冯晓如

沿着古诗词壮游中国

YANZHE GUSHICI ZHUANGYOU ZHONGGUO

赵健　编著

出　　版: 北 京 出 版 集 团
　　　　　北京美术摄影出版社
地　　址: 北京北三环中路6号
邮　　编: 100120
网　　址: www.bph.com.cn
总 发 行: 北京出版集团
发　　行: 京版北美（北京）文化艺术传媒有限公司
经　　销: 新华书店
印　　刷: 天津联城印刷有限公司
版 印 次: 2024年6月第1版第1次印刷
成品尺寸: 170毫米×230毫米
印　　张: 16
字　　数: 200千字
书　　号: ISBN 978-7-5592-0657-2
定　　价: 98.00元
如有印装质量问题，由本社负责调换
质量监督电话　010-58572393